AINDA
ESTAMOS VIVOS

EMMANUELLE PIROTTE

AINDA
ESTAMOS VIVOS

Tradução
André Telles

1ª edição

Rio de Janeiro-RJ / São Paulo-SP, 2022

VERUS
EDITORA

Copidesque
Sílvia Leitão
Revisão
Cleide Salme
Diagramação
Abreu's System

Título original
Today we live

ISBN: 978-65-5924-067-8

Copyright © le cherche midi, 2015
Todos os direitos reservados.

Tradução © Verus Editora, 2022

Direitos reservados em língua portuguesa, no Brasil, por Verus Editora. Nenhuma parte desta obra pode ser reproduzida ou transmitida por qualquer forma e/ou quaisquer meios (eletrônico ou mecânico, incluindo fotocópia e gravação) ou arquivada em qualquer sistema ou banco de dados sem permissão escrita da editora.

Verus Editora Ltda.
Rua Argentina, 171, São Cristóvão, Rio de Janeiro/RJ, 20921-380
www.veruseditora.com.br

CIP-BRASIL. CATALOGAÇÃO NA PUBLICAÇÃO
SINDICATO NACIONAL DOS EDITORES DE LIVROS, RJ

P75a

Pirotte, Emmanuelle
 Ainda estamos vivos / Emmanuelle Pirotte; tradução André Telles. – 1. ed. – São Paulo [SP] : Verus, 2022.

Tradução de: Today we live
ISBN 978-65-5924-067-8

1. Romance belga. I. Telles, André. II. Título.

22-76506
CDD: 848.9933
CDU: 82-31(493)

Meri Gleice Rodrigues de Souza – Bibliotecária – CRB-7/6439

Revisado conforme o novo acordo ortográfico.

Seja um leitor preferencial Record.
Cadastre-se no site www.record.com.br e receba informações sobre nossos lançamentos e nossas promoções.

Atendimento e venda direta ao leitor:
sac@record.com.br

Este romance foi escrito a partir de um roteiro
de longa-metragem de Emmanuelle Pirotte e Sylvestre Sbille.

1

A torrada permaneceu imóvel, rente aos lábios do pai. Todos paralisados diante do café fumegante. Um grito de mulher na rua. Choro, berros, o relincho de um cavalo. O pai foi abrir a janela. A pequena cozinha congelou instantaneamente. Ele chamou um homem do lado de fora. Trocaram algumas palavras, encobertas pela zoeira da rua. A mãe e os dois filhos, Marcel e Henri, observavam Renée em silêncio. Mas Renée ainda comeu dois pedaços de pão com manteiga, afinal de contas estava com fome. O pai fechou novamente a janela. Parecia ter envelhecido dez anos.

— Eles estão voltando — disse com uma voz abafada.

A mãe fez o sinal da cruz.

— Precisamos fazer alguma coisa pela Renée — continuou o pai.

— Não! — a mãe deixou escapar, num soluço.

Ela não ousava mais olhar a criança. Henri se esquivara também. Marcel, em contrapartida, não desgrudava os olhos de Renée. O pai continuava ali, em pé, enrijecido, os traços deformados pelo medo. Fitava a mulher.

— Sabe por que eles fuzilaram o Baptiste? Porque ele tinha bandeiras inglesas no porão. Ou seja, em se tratando de uma judia...

A mãe lhe fez um gesto para que se calasse. Uma judia. Será que ainda se pronunciava essa palavra? Ela nunca compreendera direito em que consistia ser judeu. Era perigoso, ponto-final. Renée chegara à casa deles fazia quase cinco meses. Devia ter seis ou sete anos, não se sabia ao certo. Um pouco arisca e orgulhosa, com olhos pretos como só se viam nos ciganos. Olhos que sempre seguiam você de perto, que devoravam você, olhos inteligentes, sem dúvida alguma. Ávidos, sempre alertas, interessados em tudo, pareciam compreender tudo... Renée dava um pouco de medo. Exceto a Marcel, que corria pelos campos com ela por dias inteiros. Em setembro, comemoraram a Libertação, e ninguém viera buscá-la. E eis que o pesadelo recomeçava. Não era possível, meu Deus... Em pleno inverno, ainda por cima. O pai não sabia mais o que fazer.

— Os boches estarão aqui em menos de meia hora. Os Pierson já estão sabendo. Não vão perder a oportunidade de dar com a língua nos dentes.

A mãe sabia que ele tinha razão. Na missa, os olhares hostis de Catherine Pierson diziam tudo.

— Vamos... Venha, Renée — sussurrou o pai.

A menina se levantou, foi se sentar ao lado do homem. A mãe sentiu o coração acelerar. Por que subitamente a perspectiva de se separar de Renée a transtornava tanto? Nunca tivera o sentimento de amar realmente a criança. Observou a pequena vestir o casaco, as mãos ainda gorduchas às voltas com os botões. O pai cobriu-a rudemente com uma touca de pompons. A criança estava calma, muito calma, e, ao mesmo tempo, tensa como um arco retesado, pronta a agir, a reagir, a fazer exatamente o que fosse necessário, como sempre. Eis uma atitude que tinha a capacidade de irritar a mãe... mas naquele dia não. Ela se levantou bruscamente e desapareceu no corredor. Ouviram-na subir a escada rapidamente, fungando.

— Vamos, vocês dois, venham beijar a menina — disse o pai.

Os meninos deixaram a mesa e se aproximaram. Henri, o mais velho, mal roçou na face da garotinha. Marcel, que já tinha seus onze anos, abraçou-a demoradamente. Renée terminou por empurrá-lo com delicadeza. Ele chorava. Ela mergulhou seu olhar no dele, beijou-o no rosto e se voltou para vir esgueirar a mão na do pai. A mãe entrou na cozinha, uma maleta em uma das mãos e na outra um boneco de pano surrado, que estendeu para Renée. Beijou a menina na testa. O pai pegou a maleta, abriu a porta e escoltou Renée, no frio, em meio a gritos, pânico, perigo. A mãe permaneceu um longo momento com os olhos mirando o vazio, as mãos ligeiramente levantadas e abertas, num gesto incompleto, como fazem os mendigos. Voltou-se para os filhos e murmurou:

— Ela está sem luvas.

O pai corria como alguém que viu o diabo. Renée quase voava ao seu lado, a mão esmagada por um punho de aço, as faces fustigadas pelo vento glacial. Em volta deles, na neve, reinava o caos. Os olhos da pequena bateram fugazmente nos de uma velha que se lamentava numa carroça, em meio a colchões e bacias, um bebê choramingando nos braços. Mais adiante, um homem e uma mulher puxavam, um de cada lado, um edredom, xingando-se. Uma mãe esgoelava um nome, chorando e lançando olhares aflitos em todas as direções; o restante da família esperava numa carroça a hora deixar o lugarejo. Renée ficou impressionada com os pares de pernas balançando tristemente no vazio, estranhamente calmos em meio a toda aquela agitação. A maioria das pessoas partia a pé, carregando pertences, filhos, velhos nas costas ou em carrinhos.

O pai e Renée chegaram à praça. Correram até a escadaria da paróquia. O pai tocou o sino. A porta se abriu quase imediatamente e o vulto esguio do pároco apareceu. Conduziu-os à sala. Na lareira, ardia um belo fogo, que projetava sombras movediças sobre os detalhes de madeira que cobriam quase toda a parede. A cera cheirava bem. O pai fez seu pedido.

— Não é aqui que ela ficará mais segura — disse o pároco.

— Mas é óbvio que sim — resmungou o pai.

Qualquer lugar, naquele momento, menos a sua casa! Quando aceitou acolher Renée, cinco meses antes, o pai sabia o que arriscava, para ele e a família. Na época, porém, todos achavam que a guerra se aproximava do fim; não se viam mais alemães por ali fazia meses. Mas, naquele dia, os vermes dos Fritz estavam praticamente às suas portas. Quem sabe o que ruminavam? Quem sabe não seriam ainda mais brutais, mais cruéis que antes, enlouquecidos pelo vislumbre da derrota? Mais numerosos talvez também, hordas verde-oliva renascendo das cinzas como fantasmas expelidos pelo inferno. Tinha visões dos dois filhos esvaindo-se em sangue, o corpo crivado de balas, como o do filho do farmacêutico, encontrado atrás da sala paroquial. O rosto assombrado do pai contorcia-se em esgares. Hesitou mais uma vez, sem soltar a mão de Renée.

— Está bem, Jacques — disse o pároco.

O pai quase se curvou aos seus pés. Limitou-se a abrir um sorriso demente. O pároco acabou sentindo pena daquele sujeito tão bom subitamente transformado em covarde. Aproximou-se do pai, pousou a mão enorme em seu ombro. O homem agradeceu-lhe com um "obrigado" rouco, soltou a maleta e a mão de Renée. Abaixou-se, apoiou as mãos nos ombros da menina. Olhou-a e sentiu-se um miserável. A criança não exprimia nada que ele pudesse compreender; nenhuma censura, cólera, tristeza, tampouco medo ou resignação, mas um sentimento vigoroso, alheio a qualquer percepção claramente reconhecível. Transtornado, humilhado de vergonha e, ao mesmo tempo, tocado por aquela espécie de graça que emanava dela, o pai beijou-a na testa e fugiu como um ladrão.

— Gosta de rabanada? — perguntou o pároco.

— Gosto enormemente — respondeu Renée.

Pronunciara "emormemente". O pároco a observava. A menina agora se regozijava com o prazer antecipado de comer a deliciosa fatia de pão embebida numa mistura de leite, açúcar e ovos e frita na manteiga. Levou Renée à cozinha e pôs mãos à obra. Ela pediu para quebrar os ovos. A criança mostrava-se tranquila, atenta, como se estivesse fazendo uma visita em um belo dia de paz. O pároco começou a bater a mistura, mas logo parou e prestou atenção. Um barulho de motor. Largou seu batedor e se dirigiu à janela da sala. Na praça, surgia um ruidoso Kübelwagen. Em volta, espalhavam-se soldados, empunhando armas. Um oficial saiu do jipe. O pároco teve tempo de identificar a dupla insígnia dourada em seu quepe. O sinal maldito. Os soldados mandavam os ocupantes de uma casa sair, alinhavam-nos diante da fachada, mãos na cabeça. O SS caminhava lentamente diante dos civis assustados. O pároco se voltou; Renée estava atrás dele. Não perdera nada da cena. Ele pegou a mala deixada no meio da sala. Renée sentiu uma nova mão de homem se fechar sobre a sua. Saíram da casa pela porta da cozinha. Dane-se a rabanada.

Os sapatos grossos do pároco deixavam marcas longas e fundas na neve que cobria o caminho do quintal. Saíram do jardim, alcançaram o campo. O pároco corria o mais rápido que podia. Renée tinha dificuldade de acompanhar; suas perninhas afundavam na neve. Ela caiu. O pároco a levantou e continuaram a correr. Não havia diferença entre a estrada e os campos em volta. Tudo estava branco. O céu carregado de neve, fechado havia dias, se dissolvia na paisagem. Renée não se aguentava mais; ofegava, incapaz de recuperar o fôlego. O pároco a pegou nos braços. Um vulto começou a se mexer ao longe. Um veículo. O pároco pulou na vala, apertando Renée contra si. Esperaram, prendendo a respiração. O som do motor se aproximou. Ele subiu até a beira da vala. Fez o sinal da cruz e sorriu para Renée. O jipe era americano; a criança estava salva. Alcançou a estrada e pôs-se a acenar. O veículo chegava a toda velocidade, freou e quase atropelou o pároco em sua derrapagem. Dois soldados ocupavam o carro.

— *You take girl!* — gritou o pároco.

Os soldados se entreolharam, perplexos.

— *Are you crazy?!* — replicou o motorista.

— *She* judia! *SS* aldeia! *She kaput!*

Enquanto falava, o pároco levantava Renée e a colocava no assento de trás do jipe. O soldado no banco do passageiro lançou um olhar por cima do ombro, que cruzou com o da garotinha. O veículo arrancou, cantando pneu. A maleta de Renée ficou no meio da estrada.

Renée sacudia na traseira do veículo. Pegou seu boneco de pano no bolso. O motorista começou a falar com seu companheiro:

— *Und jetzt, was machen wir?*

Alemão. Não era outra coisa. Ela reconhecia perfeitamente a língua daqueles que jamais deviam cruzar seu caminho. Não o escutara senão duas vezes, mas nunca confundiria aquela língua com qualquer outra. Espetava como um buquê de urtigas, tinha a cor, a textura de um bloco de gelo, e no entanto... No entanto, havia uma claridade, uma luz encolhida atrás das palavras, algo de caloroso e familiar ao ouvido de Renée, um tanto confuso, que ela não conseguia explicar.

De repente passou a sentir muito frio. Agarrou o assento à sua frente e começou a tiritar os dentes. Os soldados disfarçados ainda trocaram algumas palavras. O jipe enveredava por uma trilha florestal. Renée sentia-se agitada. Por sorte, os soldados não podiam vê-la, ainda não. Aquilo tinha de acabar. Tinha. Naquele momento. Os freios rangeram. O jipe parou no gelo. O motorista saiu do veículo e ergueu Renée sem cerimônia para colocá-la no atalho que se embrenhava na floresta. Sacou uma pistola do bolso e usou a coronha para obrigá-la a avançar à sua frente. O outro soldado vinha atrás.

Não se ouvia senão o estalido de seus passos sobre a neve congelada. Os cumes dos grandes pinheiros varriam lentamente o céu, sacudidos pelo vento. Renée continuava a caminhar, empertigada. Tinha uma sede terrível. Sentia o grande corpo do alemão às suas costas, a presença da pistola, sem dúvida alguma apontada para ela. Ia realmente morrer naquele bosque, depois de ter escapado tantas vezes? Morrer era o que, exatamente? Sabia do caráter definitivo da morte, conhecia seus sintomas e, sobretudo, tinha o dom de senti-la se aproximar e de se furtar a ela... Enfim, dessa vez se danara. Ruminou que terminara perdendo o jogo, aquele jogo que devia ter começado havia muito, talvez quando ela ainda era um bebê. Azar o dos dois grandalhões atrás dela. Tinha realmente muita sede. Parou e se abaixou na direção do solo. O soldado armou a pistola. Mesmo assim, Renée continuou seu gesto: apanhou um punhado de neve e o levou avidamente aos lábios. Mordeu a matéria granitada, que derretia ao descer pela garganta. Era bom. Retomou a marcha.

O alemão no fim da fila ficou pasmo diante do gesto da criança. Já fazia muito tempo que nem sequer via mais os condenados. Adultos, crianças, velhos, era tudo igual. Silhuetas sem rosto destinadas a desaparecer. Mas aquela garotinha, ele a vira de verdade: ela comera neve. Ia morrer. Sabia disso. E, no entanto, comia neve, aplacava a sede. Tinha notado o gesto determinado, rápido, destituído de hesitação, quase insolente, um gesto fluido, plástico, animal. Alguma coisa se mexera dentro dele. Alguma parte entre o peito e o abdome. Era como um frêmito ínfimo, um tranco ao mesmo tempo suave e brutal. Uma sensação familiar. Como quando ele vivia na floresta, naquela outra vida.

O soldado que apontava a arma para Renée berrou, assustando uma gralha, que emitiu um grasnido terrível:

— *Stop!*

Renée paralisou e deixou cair o boneco de pano que ainda segurava na mão esquerda. Seu coração batia acelerado. Por que ele gritava aquilo? O soldado engatilhou novamente, mirou na cabeça da criança. Renée via a própria respiração congelar no ar glacial. Pensou em seu boneco caído na neve, a seus pés, e teve vontade de chorar. Pobre Ploc! Em breve órfão, abandonado sozinho no frio.

O alemão não conseguia apertar o gatilho. Deslocara-se e saíra da trilha, a três ou quatro metros da criança, mirando na têmpora. O outro soldado, que ficara mais longe no atalho, podia ver seu braço tremendo.

— Deixe comigo — disse, irritado.

Sacou sua pistola e mirou na garotinha. Ela agora não passava de uma silhueta sem rosto destinada a desaparecer. Engatilhou.

Renée se perguntou que cara tinha o soldado que ia matá-la, o outro, aquele que ficara atrás, aquele cujos olhos ela entrevira no jipe, aquele da voz grave. Queria vê-lo. Queria que ele a visse. Começou a girar lentamente, e seus olhos se encontraram. Os dele eram claros e frios. E, bruscamente, foram atravessados por uma luz estranha, as pupilas se dilataram. O alemão atirou. Renée se assustou. Fechou os olhos por um segundo e, quando abriu, o outro soldado jazia na neve, com uma expressão perplexa. Renée precisou de um tempo para compreender que não fora atingida. Observou o homem abatido, depois, novamente, o outro, que parecia tão surpreso quanto ela. Ele continuava a segurar a arma e permanecia com os olhos fixos em Renée, toda salpicada de sangue do homem caído.

O estampido ainda reverberava no ar congelante. O alemão não conseguia parar de encarar a criança. Por fim, desviou os olhos, guardou a pistola, virou-se e pegou o atalho no sentido inverso. Renée recolheu Ploc e juntou-se ao soldado, correndo. Voltaram ao veículo. O soldado pulou a porta e ligou o motor. Renée só teve tempo de saltar para o banco do passageiro. O jipe arrancou, deixando para trás uma nuvem de neve.

O que fazer agora? Ir para onde? Com aquela criança que se voltara para ele. Quem teria a ideia de encarar aquele que vai abatê-lo? Era uma atitude corajosa, como se vê nos filmes. Ninguém faz isso na vida, muito menos uma judia. E, antes disso, não é que ela se pusera a comer neve! Deu uma espiada na menina. Ela olhava bem reto à frente, o queixo erguido, os olhos estreitados por causa do vento frio. Os respingos de sangue secaram em seu rosto, o cabelo preto e cacheado esvoaçava. Parecia uma jovem medusa. Maldita garota. E o outro ali, no bosque, ainda devia estar com os olhos abertos e o semblante atônito. Franz? Não, Hans. Um idiota. Que ainda acreditava na vitória, no Reich de mil anos, na nova idade de ouro e em todas essas lorotas. Ele matara Hans, em vez de matar a menina. Era incapaz de saber por quê. Seu braço desviara ligeiramente no momento de atirar, e Hans terminara com uma bala entre os olhos.

Haviam deixado o acampamento de base dois dias antes, na manhã de 16 de dezembro. Primeiro explodiram uma ponte com alguns ianques em cima. Os ianques não estavam no programa, mas uma vez que apareceram... Ele fora obrigado a matar os vivos e liquidar os feridos com arma branca para poupar munição, sob o olhar horrorizado de Hans. Em seguida, inverteram as placas de sinalização, cruzando com Aliados que mandaram passear num lugarejo desolador, em vez de num outro lugarejo desolador. Era ele quem falava com os ianques: o inglês de Hans era matizado por um sotaque bávaro, e ele não fazia a menor ideia de quem era Lester Young. Os americanos desconfiavam e faziam perguntas; ouviram falar nos infiltrados. Operação Greif era o nome pomposo daquele plano de sabotagem imaginado por Hitler e executado por Otto Skorzeny. Hitler esperava conquistar as pontes sobre o rio Mosa e alcançar a Antuérpia, para tomar o depósito de munições mais importante dos Aliados. Era uma operação suicida, certamente, e só idiotas como Hans para pensar o contrário.

O soldado se sentiu subitamente esgotado; enveredou por uma trilha ao acaso, embrenhou-se na floresta. Sua ideia era ir tão longe quanto o veículo permitisse. Só tinha uma vontade: dormir. Depois, veria. A trilha terminava não longe de um riacho. O homem e a garotinha saíram do carro e acompanharam a trilha de água congelada. Ele andava rápido. A pequena trotava ao seu lado, evitando os blocos de gelo muito duros e escorregadios nos dias de frio intenso. Ela era esperta, forte. Observava-o de quando em quando, o que o incomodava. Uma cabana de madeira apareceu atrás de uma imensa faia. Parecia desocupada. O alemão se aproximou sem fazer barulho. Deslocava-se com agilidade extraordinária. Ele sacou sua arma e esperou um segundo junto à porta, à espreita. Renée estava bem próxima, o mais discretamente possível. De repente, ele forçou a porta com um pontapé e entrou, varrendo o interior com a mira de sua arma. Ninguém. Fez sinal a Renée para que entrasse.

A casa tinha apenas um cômodo, equipado com uma grande lareira, escavada na única parede de pedra. Alguns utensílios de cozinha e um colchão velho no assoalho atestavam uma presença humana. O alemão tentou fazer fogo com a lenha que pegou em volta da casa. Renée ajudou como pôde, apesar de estar com as mãos paralisadas pelo frio. Em seguida, ele desabou no colchão e dormiu imediatamente, a arma na mão.

Renée sentou-se no chão, recostada na parede. Observava-o dormir. Ela não iria embora. Não se mexeria. Velaria por ele. Espreitaria os barulhos do lado de fora e o alertaria em caso de perigo. Ouviam-se tiros ao longe. Ela soprou nas mãos para esquentá-las. O alemão começou a respirar mais forte; sua mão afrouxava na coronha da arma. Puxou os joelhos para o peito. Seus traços relaxaram. Parecia dormir profundamente. Renée continuava com sede. Mas dessa vez não iria tentar nada. Esperaria. Que ele acordasse e encontrasse água.

Não se perguntava por que o alemão não a matara. Na hora em que virou para trás, sabia que ele não atiraria nela. Então o outro, aquele de quem ela tinha medo, desabara. Era ele quem devia morrer, não ela. Era assim que as coisas deviam ser. Inspecionou o cômodo com os olhos, as paredes de madeira cobertas de teias de aranhas, as janelinhas encardidas, as chamas crepitando na lareira.

O alemão mudou ligeiramente de posição, seu ombro direito retraiu, revelando seu pescoço, no qual uma veia latejava. Levou a mão ao peito, que subia e descia ao ritmo de sua respiração. Estava deitado ali, vulnerável mas pronto para saltar ao menor ruído, pronto para defendê-la, para matar de novo, ela tinha certeza disso. Para sujar a neve com sangue.

2

Ele pegou um cantil de metal no bolso do casaco, abriu-o e bebeu sem pressa, antes de passá-lo à menina. Ela esvaziou o cantil, sedenta. Em seguida ele pegou um pacote de biscoitos, tirou um e ofereceu o pacote a Renée. Ela pegou dois, um em cada mão.

— Calma — ele disse.

Sua voz era realmente peculiar, baixa e profunda, parecia vibrar como um trovão quando ainda está longe; era ao mesmo tempo calorosa e ameaçadora.

— Você também fala francês? — ela perguntou.

Ele não respondeu, olhando-a com certa ironia. Devia ter dormido um bom tempo; já era noite. Os tiros cessaram ao longe. Ele pensou que a menina talvez tivesse ido embora, pelo menos era o que ele esperava. Quando acordou, ela o espiava com olhos escuros, abraçada ao seu velho brinquedo nojento de cara torta e ar de retardado. Teria tido todo o tempo do mundo para golpeá-lo seriamente enquanto ele dormia, com uma tora de lenha ou, pior, com o atiçador. Não restava dúvida de que ela tinha coragem. Aquilo teria tido o mérito de simplificar a vida de ambos. Em vez disso, ela permanecera praticamente o tempo todo na mesma posição em que ele a vira antes de dormir, as pernas cruzadas, o brinquedo sentado em sua coxa esquerda. Ele não se lembrava de ter dormido tão bem em anos, desde o início da guerra, para ser exato. No entanto, a situação não estava mais clara do que quando chegara à cabana. O que fazer com ela? O que fazer com ele mesmo? Estendeu mais um biscoito à criança.

— Como se chama? — ela perguntou.

Deus, como ela o deixava nervoso com suas perguntas! Não tinha vontade alguma de ouvir a criança chamá-lo pelo seu nome: Mathias. "Mathias, estou com fome", "Mathias, estou com frio", "Mathias, quero fazer xixi", e toda essa lenga-lenga que as crianças repetem. Foi então que se deu conta de que ela nunca pedira nada. Absolutamente nenhuma queixa, desde aquele momento na floresta em que... em que ele liquidara Hans. Podia ser decapitado por isso. Mas, acima de tudo, por ter poupado uma judia. Difícil dizer qual dos dois crimes era o mais grave.

A perseguição aos judeus não era mais prioridade durante a ofensiva sobre as Ardenas e não fazia parte de sua missão na Operação Greif. Mas a destruição deles continuava sendo a obsessão do *Führer*. Os comboios para o leste cessaram. Então ficou impossível apenas encurralá-los e mandá-los dar um passeio de trem até Auschwitz. Era preciso fazer o trabalho sujo pessoalmente, como no início, antes de inventarem a câmara de gás. E Mathias nunca apreciara esse tipo de trabalho. Gostava de matar, tudo bem, mas não pobres pessoas desarmadas, debilitadas e desesperadas. Isso realmente não despertava nele nenhum interesse.

Mathias nunca tivera muito a ver com a "solução final da questão judaica", como se dizia nas altas esferas. Alistado em 1939 nos lendários comandos brandemburgueses, a menina dos olhos dos serviços secretos alemães, fora cooptado em 1943 por Skorzeny. Otto Skorzeny, vulgo Cara Cortada por causa de uma cicatriz no rosto adquirida em um duelo de espada. Mathias juntara-se ao seu comando SS recém-criado: o comando Friedenthal, a nata dos super-heróis do nazismo. Espiões guerreiros poliglotas, saídos diretamente dos sonhos de um garoto mau de doze anos que teria lido quadrinhos americanos em excesso. Mathias se divertira muito lá, entre o sequestro do "príncipe" da Hungria e a libertação de Mussolini em um planador. E, enquanto brincava de espião e de infiltrado, nada o levara a se preocupar com o que acontecia nos campos de concentração.

Mesmo assim, sabia que indiretamente cada uma de suas ações no seio de seus gloriosos comandos de elite reduzia a cinzas alguns judeus, alguns ciganos, alguns homossexuais. Sua guerra não era mais limpa que a do soldado que empurrava a judia húngara idosa e seu neto maltrapilhos na rampa de acesso à câmara de gás. Mathias era uma engrenagem dessa máquina de destruição. Era um dos membros do ogro faminto. Mas isso não lhe tirava o sono. Ele pegara o que o sistema tinha de melhor a lhe oferecer, sabendo exatamente em que merda enfiava os pés. E ninguém o obrigara a participar da dança, ele se convidara sozinho.

Nos últimos meses, a grande festa macabra descambava para o patético. A guerra estava perdida e fingia-se que era exatamente o contrário. Essa Operação Greif era a coisa mais ridícula: alguns coitados recém-saídos do ventre de suas mães, zurrando o inglês como uma fazendeira da Suábia, tão convincentes como filhos do Tio Sam quanto Goebbels como dançarino de castanholas. Até os disfarces eram lamentáveis: cheios de aproximações e inexatidões, como fantasias de festa das escolas mais humildes. Mas, enfim, Mathias aceitara, assim como três ou quatro dos melhores do bando do Cara Cortada. Era sempre preferível brincar de ianque perdido na floresta a explodir os usuários do bonde em Copenhague, como fazia exatamente naquele momento Otto Schwerdt, fiel de Skorzeny, um fanático de longa data que não partilhava os gostos de Mathias em matéria de ações bombásticas. Quer dizer, do que restava de bombástico. Tudo isso para acabar em uma cabana no meio dos bosques com uma pequena judia! Poderia ter previsto muitas coisas ao desembarcar na Alemanha em 1939, mas aquilo com certeza não. A garotinha falava carinhosamente com seu boneco, colocando farelos de biscoito no botão que lhe servia de boca.

— Ainda está com fome? Bom, acabou, não tem mais...

Essa maneira de repreendê-lo, de lhe dizer que continuava com fome usando aquele seu boneco esfarrapado! Mathias se sentiu cansado, se levantou e saiu. Renée ficou tensa quando ele abriu a porta. Teve vontade de segui-lo, de não se afastar nem um pouco dele, mas percebia que ele queria ficar sozinho. Ela se levantou e, através da janela, o observou se afastar. Limpou o vidro para poder vê-lo mais nitidamente: ele acendia um cigarro. O fogo do isqueiro iluminou parcialmente seu rosto. A silhueta forte se destacava ao luar. Seu andar era elegante, ágil. Parecia pertencer àquela floresta que os envolvia, que fora testemunha daquela aliança, daquele pacto. Ele parecia estar em casa. Renée esfregou mais um pouco o vidro; ele continuava ali, recostado numa árvore, seu corpo banhado por um halo de luz difusa e irreal.

*

    No dia seguinte, Mathias levou Renée para montar uma armadilha. Não podia deixá-la sozinha na cabana, mas incomodava-o ter de aturar a criança. Avançavam na floresta em busca de rastros de animais. Mathias não esperava mais que uma velha lebre surda e cega. Fazia anos que não caçava, devia ter perdido um pouco o jeito. Sentia-se estranhamente bem, apesar da presença da menina. Na realidade, ela se esforçava para andar sem fazer barulho, não falar, observá-lo agir com grande concentração, como se tentasse decorar cada detalhe. Ele montara uma armadilha com uma de suas cordas e um bastão. Em seguida, ficaram escondidos um longo momento atrás das moitas. O mundo selvagem fervilhava em volta deles. Os tiros haviam cessado, como que por milagre. A criança era paciente. Parecia sentir prazer naquela espera, mesmo com todo o desconforto e com o frio que devorava suas mãos. Finalmente, surgiu uma lebre. Observaram-na rodopiar em torno da armadilha, depois sucumbir a ela. A pequena não se mexeu enquanto o animal se debatia, lentamente estrangulado pelo laço e pela própria vontade de viver.
    Mathias abreviou o sofrimento da lebre com uma faca, uma faca grande, de formato estranho. Em seguida, esfolou o animal com um único gesto. Renée observava a grande mão de Mathias despir a lebre de sua pele, revelando a carne viva, rósea e brilhante. O alemão parecia ter feito aquilo a vida inteira, em vez de matar pessoas. Sem dúvida, fizera muito as duas coisas, matar animais e pessoas. Quando a lebre foi escorchada, ele lhe estendeu a pele. Renée enfiou as mãos geladas no interior, contra o avesso da pele, ainda quente e sangrando.

De repente, Mathias reviu a garotinha como alvo da arma de Hans, a menininha indiferente, que recolhe e come a neve. Aquela que agora aquece as mãos na pele de um animal que acabou de morrer, que se revigora com aquele calor gostoso, que segue Mathias nos bosques como uma sombra, que o fita atentamente com seus olhos profundos, que vela por ele enquanto ele dorme e lhe proporciona algo que ele jamais conheceu e que é incapaz de apreender. Isso ainda é muito confuso em seu espírito e sua carne. É confuso mas está ali, existe e o invade pouco a pouco com uma espécie de alegria silenciosa. A criança ergue os olhos para ele. Ela notou sua perturbação, nada lhe escapa. Ele se esquiva e se dirige à cabana.

Ele mastigava cuidadosamente, ambos calados diante do fogo. Ela engoliu seu último pedaço e limpou a boca com a manga da camisa. Era a segunda noite na cabana. Na véspera, Renée lhe contara uma história. Ele não queria, mas ela não tinha nada para fazer. A história envolvia um cavalo imenso e mágico, que carregava quatro irmãos no lombo por todo o império de Carlos Magno. Os quatro rapazes estavam zangados com o mencionado Carlos Magno por um motivo que Mathias não entendeu muito bem, e a menina sem dúvida tampouco. Em suma, os irmãos, os quatro filhos de Aymon, entram em guerra com o imperador e conseguem uma mãozinha de um homem estranho, uma espécie de bruxo, trajando pele de urso e coberto com folhagens, que pode se tornar invisível e vive nos bosques. O bruxo se chama Maugis. Ele possui um cavalo fantástico, enorme, capaz de atravessar o Mosa com um pulo. É ele, Bayard. O cavalo fada, como diz a criança. E ela pronuncia essas palavras como se fosse um encantamento, uma coisa sagrada, muito antiga e bárbara. Mathias não pode deixar de apreciar o que ela conta.

 O cavalo permite que os irmãos escapem diversas vezes dos lacaios de Carlos Magno, que fica completamente maluco de ver como os irmãos zombam dele; então ele jura de morte o cavalo fada, uma morte terrível, cruel. E eis que Bayard cai nas suas redes. Estavam nesse ponto quando a criança decidiu que estava cansada, que continuaria a história no dia seguinte. Ela o cativara. Ele queria saber o que tinha acontecido com o maldito pangaré. Enquanto a pequena contava, ele se sentia leve, em paz, longe daquela guerra. Voltara à tenda da velha índia. Mas eram outros tempos e ele era outro.

 — Quer saber o fim? — perguntou Renée.

 Ele resmungou algo que a garotinha interpretou como um "sim". Então ela se sentou toda empertigada. Seus olhos refletiam um brilho selvagem à luz das chamas. O cavalo fada fora feito prisioneiro. Carlos Magno ordenara que lhe prendessem um enorme cilindro no pescoço e o forçassem a mergulhar no Mosa. O cavalo saltou. Carlos Magno já se regozijava por não ver mais o redemoinho na superfície do rio. Finalmente humilhara a besta, reduzira a nada a magia e aqueles que se opunham à sua autoridade. Mas qual não foi sua surpresa e sua cólera quando o cavalo fada irrompeu da água! Com um coice, quebra o cilindro, se projeta para fora d'água, assim! Renée esboça um gesto que evoca um chafariz. E, com um salto, ele alcança a margem. Bayard foi na direção da floresta e nunca mais foi visto. Nunca mais.

 Exatamente. Nunca mais. Ela diz isso com uma expressão de mistério quase cômica. Mathias sorri. Renée franze as sobrancelhas.

— Sabe, Bayard continua vivo. Ele se sente em casa em qualquer lugar que tenha grandes florestas. Ele pode ir aonde quiser, bem longe...

Ela fez uma pausa antes de acrescentar:

— Até na sua casa.

Mathias estremeceu quase imperceptivelmente, mas Renée notou.

— Na Alemanha...

Mathias não respondeu. Ela sabia que ele tivera uma vida antes, enfim, uma outra vida, não somente a vida de um soldado alemão. Ele falava francês fluentemente. A floresta era seu universo. Renée adorava esse mistério, esse seu imenso lado escuro. Isso a aterrorizava e atraía ao mesmo tempo. Nas histórias que lhe contavam, até onde se lembrava, Renée sempre preferira os personagens um pouco mais sombrios. E era assim com as pessoas que conhecera em sua vida de perigos, perseguições, segredos. Os que eram muito gentis, que falavam com ela com sorrisos que mostravam todos os dentes e rugas em volta dos olhos, estes muitas vezes se revelavam os menos dignos de confiança.

Renée se lembra de Marie-Jeanne, a vizinha do casal de fazendeiros que ficara com ela quando ela tinha apenas três ou quatro anos; aquela mulher comprida e ossuda a atraía com guloseimas, acariciava-lhe os cabelos e dizia que ela era bonita. Até que um dia acordam Renée no meio da noite: ela precisa partir, sem nem sequer vestir suas roupas, na noite fria. Mamãe Claude, a fazendeira, diz que os alemães estarão ali em breve para pegá-la. Pierre, o marido de mamãe Claude, tira seu carro do celeiro e eles rodam durante um longo tempo. Renée finge dormir, mas ouve o casal falar de Marie-Jeanne.

Eles deviam ter lhe dado dinheiro para que ela não falasse nada sobre Renée aos alemães. Então, um dia, Pierre não quis mais pagá-la e Marie-Jeanne foi contar tudo. E, por sorte, Jesus-Maria-José, um menino valente da aldeia soube e teve a bondade de ir contar aos fazendeiros! Caso contrário, Jesus Cristo, era o fim de tudo, estariam comendo capim pela raiz, adeus e muito obrigada! A fazendeira estava num estado lastimável, mal conseguia respirar e soluçava, e, Jesus crucificado, obrigado, meu Deus, por ter tido piedade, e, se não for tarde demais, santa Maria, rogai por nossos pecados, se eles tivessem vindo, se eles tivessem vindo mais cedo, quer saber?, era adeus e muito obrigada!

Mathias dormira. Renée deitou no velho colchão, que ele lhe cedera. Ele havia confeccionado uma colcha de folhas de pinheiro, superisolante, que deixou Renée com inveja. Ela fechou os olhos e mergulhou rapidamente no sono. E sonhou: Marie-Jeanne estava de joelhos diante de Carlos Magno e suplicava piedade. Tinha uma corda em volta do pescoço e, no fim dessa corda, um cilindro que era cinco vezes o seu tamanho. Carlos Magno permanecia surdo às suas súplicas. Ordenou que os soldados atirassem Marie-Jeanne no Mosa. Ela começou a recitar uma ave-maria, que terminou com grandes bolhas na superfície da água.

Renée foi arrancada do sonho por Mathias, que lhe sacudia o braço. Ele fez sinal para que ela não falasse. Alguém ou alguma coisa arranhava a porta. Mathias sacou a faca e a colocou entre os dentes. Com uma rápida tração dos braços, se içou acima do batente e grudou na parede. As batidas na porta continuavam, um pouco mais fortes.

— No três, você abre — sussurrou Mathias.

Contou nos dedos e, no três, Renée escancarou a porta e se escondeu atrás. Ouviram um barulho de passos, era mais um pisoteio, acompanhado de uma respiração muito forte. Mathias desceu do seu poleiro empunhando a arma. Sua expressão congelou. Fez sinal a Renée para que se aproximasse. Diante deles estava um cervo enorme, com uma imensa galhada. O animal fitava-os com olhos meigos, porém orgulhosos. Sua pelagem fosca estava suja de neve. Renée nunca vira um cervo a não ser em desenho. Era muito grande. Ela se perguntava se ainda dormia. Temia que, fazendo qualquer movimento, o animal desaparecesse como que por encanto. Mas Mathias avançou e estendeu a mão para o cervo, lentamente, com um movimento impregnado de uma espécie de intimidade. O cervo também se aproximou e o fitou nos olhos por um longo momento. Em seguida, baixou sua bela e pesada cabeça e esticou o focinho na palma da mão do homem. Renée ficou extasiada: o alemão tinha o Dom. Era o senhor da floresta e dos animais selvagens. Renée desvendara seu segredo. Ele quase não falava com ela, nem sempre a chamava pelo nome (o que ela retribuía não o chamando pelo dele), a rejeitava, mas ela não podia fazer nada. O animal recuou um pouco, encarou-os pela última vez, deu-lhes as costas e desapareceu, tragado pela escuridão.

O dia seguinte permaneceria gravado na memória de Renée como "o dia do presente". Ela vira o alemão costurar alguma coisa em uma pele de lebre; utilizava as tripas do animal como linha. Renée não perguntara nada; sabia que ele não ia responder. Quando terminou sua costura, ele a chamou de forma rude, como de costume:

— Ei, venha cá!

Renée se aproximou, então ele pegou sua mão cheia de frieiras e lhe calçou uma luva, a pele do animal virada para dentro. Fez o mesmo com a outra mão. Luvas de pele de verdade. Para ela. Feitas por ele.

Renée não recebera muitos presentes na vida; seu Ploc era o mais precioso, porque vinha de sua mãe. Foi o que lhe disseram em todo caso, e ela se lembrava de tê-lo sempre ao seu lado. E Ploc era realmente simpático e engraçado, com seus cabelinhos de lã espetados na cabeça um pouco pontuda e seu olhar atento. Sua mãe escolhera bem. Com certeza tinha achado graça ao vê-lo. Depois vinha o livro *Os quatro filhos de Aymon*, que Marcel lhe dera e que estava em sua mala, deixada na estrada. Acontecera a mesma coisa com a boneca de Catherine, abandonada no castelo uma bela manhã. Ela implorou que voltassem para pegá-la, mas não foi possível. Na realidade, Renée não gostava muito das bonecas, mas esta vinha de sua melhor amiga, que fora levada pelos alemães e sem dúvida devia estar comendo capim pela raiz naquele momento, como sempre dizia a fazendeira. Renée gostava dessa expressão, era engraçada, dava a impressão de que nem tudo estava acabado, já que ainda se fazia alguma coisa, não muito agradável, mas de toda forma era melhor que nada. Renée nunca acreditara em todas aquelas histórias de ir para o céu, estar com anjos, ver o bom Deus. A imagem da terra e das raízes do capim tinha muito mais a ver com o que ela pressentia. Haviam lhe explicado que Catherine fora levada para um lugar cheio de outras crianças, que lá talvez ela encontrasse seus pais. Se aquela era uma boa notícia, por que a irmã Marthe, do Sagrado Coração, fizera uma cara tão sinistra para anunciá-la? Tudo bem, uma grande reunião das famílias, Renée queria acreditar naquilo, mas o que os alemães iam fazer com todas as pessoas que eles detestavam?

Renée olhou fascinada para suas mãos nas luvas; rodopiava-as no ar como pequenas marionetes. Aproximou-se do alemão e encostou o rosto no seu peito. Ele se enrijeceu, como se petrificado. Renée não se surpreendeu. Compreendia exatamente o que ele sentia. Ela mesma não era muito afeita a contato físico com humanos — crianças ou adultos. Preferia os animais. Mas com ele era diferente.

Renée saiu da cabana. O solo estava coberto por uma camada grossa de neve; as árvores vergavam, completamente brancas sob o pesado manto. Tudo estava calmo. A menina começou a juntar neve e fazer uma bola bem feitinha, rolando-a no chão para dar volume. Ia fazer um boneco, agora que não temia mais o frio nas mãos. Mathias estava na porta e observava a criança, absorto no que ela fazia, indiferente, parecia, a todo o resto. Enquanto isso, ela conseguia prestar atenção em tudo que a cercava e ser prudente. Tinha uma capacidade formidável de antecipação, que Mathias só encontrara nos índios. Naquele momento, comportava-se como uma criança qualquer, concentrada na sua brincadeira, totalmente no presente. Ele se surpreendeu ao se perguntar pela primeira vez de onde ela vinha e como fora sua vida até ali. Podia imaginar como devia ter sido sua infância, sendo perseguida, escorraçada, sempre em perigo. Conhecera pequenos judeus acolhidos por civis durante sua infiltração na Resistência Francesa. Mas os meninos com que cruzara pareciam apagados. Não olhavam você nos olhos, deslocavam-se rente aos muros, estendiam-lhe uma mão insegura. Estavam apavorados. Aquela criança era bem diferente.

Ela quase terminara seu boneco. Arranjou um galho para servir de nariz, recuou para admirá-lo. Mathias foi pegar cigarros na cabana. No momento em que saiu, um punhado de neve escorregou do telhado e caiu sobre sua cabeça. Ele permaneceu um tempo olhando para Renée sem se mexer. Terminou se sacudindo e espanando os cabelos e as roupas. Será que ele estava mesmo ouvindo a garotinha abafar um riso? Ajeitou a aparência, assumindo um ar displicente, e provocou uma nova onda de risos abafados em Renée, que ela conseguiu conter. Ela observava Mathias, os lábios franzidos e os olhos vermelhos. Ele sentia uma revolta invadi-lo; era insuportável ver aquela criança zombar dele. Então deu alguns passos na direção de Renée. Fez cara feia para ela e imediatamente percebeu que aquilo só fazia aumentar o ridículo da sua situação. Renée agora foi sacudida por um riso franco, muito mais espalhafatoso, muito mais arrogante. Mathias agarrou-lhe o braço, mas ela se desvencilhou. Pôs-se a persegui-la. Ela era rápida. Ele terminou por agarrar seu casaco, derrubou-a e foi arrastado na queda. E estavam rolando na neve. Ela se levantou antes dele, dirigiu-lhe um olhar nervoso e triunfante e depois foi para a cabana. Mathias recostou a cabeça no solo. Era incapaz de pôr palavras naquilo que estava vivendo.

3

Mathias acordou assustado aquela noite. Renée estava aconchegada nele. Aninhara a cabeça em seu peito e colocara uma das mãos em seu quadril. Ele sentia o calor da respiração dela contra sua pele, o braço muito leve sobre sua cintura. Por um instante, teve o reflexo de fechar os braços sobre ela. Ah, não. Não devia incentivar! O que ela estava pensando?! Que alguns dias juntos comendo lebre faziam deles os melhores amigos do mundo? E, aliás, aquilo já durava quantos dias, três, quatro? Não sabia ao certo. Muitos, de toda forma. Aquilo tinha que acabar. Ela precisava de uma casa de verdade, uma cama, carinho, brinquedos, legumes frescos... Ia deixá-la na casa de pessoas boas, numa fazenda ou numa casa isolada. Mathias recuou, tirou o braço de Renée de seu quadril. Ficou em pé, foi se sentar perto do fogo.

— Levante-se! — ordenou em voz alta.

Renée se mexeu, ergueu-se sobre um braço, esfregando os olhos.

— Temos que partir. Não posso ficar com você.

— Por quê? — perguntou a criança.

— Porque não. Levante-se. Vamos.

Renée voltou a se deitar, dando-lhes as costas.

— Não — ela disse. — Você vai me deixar na casa das pessoas. Não quero mais.

Mathias se aproximou dela, obrigou-a a se virar para ele. Ela resistiu. Ele a segurou pelos braços e começou a sacudi-la. A pequena berrou. Mathias tapou a boca da menina com uma das mãos. Ela continuava a emitir seu grito abafado e a se debater. Estava ficando vermelha; seus olhos se injetaram de sangue. Mathias estava desorientado. Não sabia o que fazer com aquela menina subitamente histérica. Precisava fazê-la parar. Que merda era aquela? Podia ser tão simples — de repente ele teve uma visão: sua faca cortando a garganta da criança de uma orelha à outra, e finalmente ela ficava quieta. Talvez fosse a solução. Ou apenas um bom soco na nuca, só para fazê-la desmaiar. Mas que ela se calasse! Num gesto desastrado e desesperado, cercou-a com os braços e a apertou firmemente contra si. A pequena engasgou junto ao peito de Mathias, incapaz de respirar. Ele não se mexia. Pouco a pouco, Renée se acalmou. Sentiu o corpo dela relaxar em seus braços. Quando teve certeza de que ela se acalmara, olhou bem para ela, enxugou as lágrimas em seu rosto, arrumou seus cabelos. Renée voltou a se deitar e assim permaneceu sem dizer uma palavra até eles partirem.

O jipe continuava no lugar onde o deixaram. Era incrível, levando em conta o campo de batalha que aqueles bosques haviam se tornado, enxameados de *foxholes** e forrados de cadáveres. Também surpreendente era o fato de ninguém ter vindo

---

* Literalmente, "tocas de raposas". Termo que designa os buracos onde se escondem os atiradores.

importuná-los em seu refúgio. Mathias se instalou ao volante, virou a chave e ligou o motor. Voltaram a pegar a trilha no sentido inverso, mas, em vez da estrada, ele escolheu outro caminho, que serpenteava pela floresta. O jipe atolou num rio. Mathias calçou os pneus com pedras, empurrou o carro com toda a força, xingou, rosnou, chutou a carroceria. Renée de repente se encheu de vê-lo descontar tudo em cima de uma coisa, como se se tratasse de um burro teimoso. Saiu do carro, aterrissou na água gelada. Debateu-se bravamente, alcançou a margem e pôs-se a andar num passo decidido, sem olhar para Mathias.

Que peste! Era por ela que ele lutava com aquela porcaria de jipe. Ele mesmo não se importava em andar. Que ela fosse para o inferno! Instalou outra pedra grande debaixo do pneu traseiro esquerdo, pisou fundo no acelerador. Em vão. Via a menina avançando com dificuldade pela floresta. Uma mancha preta vacilando na neve. Saiu correndo para alcançá-la e logo a ultrapassou. A criança cambaleava a cada passo, a neve estava grossa demais. Ela tentava reprimir os calafrios que a invadiam. Mathias voltou até ela e a colocou no ombro, como um fardo.

Jeanne estava cheia daquele porão, ocupado por velhas atormentadas que rezavam seu rosário e crianças que diziam ter fome, a quem repetiam estupidamente: "Coma sua mão e guarde a outra para amanhã". Cheia das discussões sem fim sobre a possibilidade de uma vitória aliada ou sobre a temível obstinação germânica. O guarda rural acreditava piamente que os "boches ainda não deram sua última palavra", e tio Arthur só jurava pela coragem dos ianques, rapagões valorosos e viris que encarnavam a liberdade. A conversa em voz baixa geralmente descambava para o bate-boca, e Jules Paquet, o dono do lugar e pai de Jeanne, só precisava dar um berro para fazer todo mundo ficar quieto. As mulheres voltavam a resmungar e começava uma nova sessão de pais-nossos e ave-marias.

Jeanne foi então se refugiar na cozinha, como costumava fazer, apesar da desaprovação geral. Sentou-se em um banquinho de ordenha em frente ao forno, onde não ardia nenhum fogo. Seu olhar vagou pelo cômodo, que não passava de um caos de móveis quebrados e revirados, cacos de vidro e louça. O grande guarda-louça que resistia havia duzentos anos agora se inclinava perigosamente, seus pratos amontoados todos do mesmo lado, como um navio em uma tormenta. A fazenda fora atingida diversas vezes por granadas. A sede principal continuava de pé, mas metade do telhado desmoronara. O celeiro e uma parte dos estábulos estavam esburacados.

Às quatro da tarde já era quase noite. A ofensiva alemã começara em 16 de dezembro, e os Paquet se instalaram no porão no dia 18. Estavam no 21. Fazia três dias, e a sensação de Jeanne era que não via a luz natural havia muito mais tempo. Tinha fome, como todo mundo, mas teria de esperar ainda duas horas antes de poder mastigar o minúsculo pedaço de pão e a fatia de presunto. Um presunto que ela se arriscara a ir pegar na fazenda Dussart, trocado por um pote de banha. A fazenda Paquet fora tomada pelos alemães, retomada pelos americanos, e ambos liquidaram as reservas de comida.

Jeanne apoiou a cabeça nas mãos e suspirou, fechando os olhos. Endireitou-se, prendendo a respiração: ouvira alguma coisa do lado de fora. Levantou-se, hesitou em retornar ao porão, mas passos se aproximavam, vindos do corredor; ela não tinha mais tempo. Ficou paralisada, colada no móvel.

— *Anybody home?* — chamou uma voz.

Um americano. Jeanne já não sabia mais se devia se alegrar. Os alemães tinham sido brutais, opressores e grosseiros. Mas os americanos eram tão nervosos que acabavam se tornando igualmente desagradáveis. Os passos se aproximavam. A porta se abriu no momento em que Jeanne derrubou uma pequena Virgem de gesso colocada sobre a lareira. Um segundo mais tarde, a jovem tinha uma arma apontada para a cabeça por um soldado que surgira do corredor. Permaneceram assim, estudando-se; depois o soldado se voltou e fez entrar uma garotinha, que se imobilizou à sua frente. O soldado e a criança fitavam Jeanne com uma intensidade que a perturbou. Ela se lembraria para sempre da entrada daquela dupla estranha em sua cozinha, naquela luz fria e vespertina, de seus olhares singulares, claro no caso dele, escuro no dela, dois pares de olhos que lhe pareceram pertencer a animais selvagens, do mesmo bando. Por fim, ele falou:

— Há soldados em sua casa?

Falava francês, e nada mal para um ianque, apesar do sotaque um tanto bizarro.

— Não, nenhum soldado — respondeu Jeanne. — Só o senhor.

Os lábios do soldado se abriram no que podia parecer um esboço de sorriso.

— Pode cuidar dela? — perguntou, apontando para Renée.

Não era uma pergunta. Era uma intimação, quase uma ordem educada. Mas Jeanne não era do tipo que se curvava à primeira intimação.

— Cuidar dela? Por quanto tempo? E quem é ela?

— Ela é judia; um padre a deixou comigo em Stomont.

— Stoumont; dizemos Stoumont.

Mais uma que insistia nas provocações! Ótimo, se entenderia às mil maravilhas com a menina. Ou arrancariam os cabelos uma da outra. Ela poderia ter dito apenas "Sim", a bela jovem, e resolvia o assunto. Dizemos "Stoumont"! E a insolência no olhar. Que arrogância diante do inimigo. De repente percebeu: trajava o uniforme americano. Por pouco não lhe deu uma ordem em alemão, como "Obedeça e feche sua boquinha". Percebeu que mantinha a arma apontada para ela. Abaixou o braço. A pequena perto dele não se mexia. Desde a crise da última noite, estava imersa em um silêncio insuportável. E então Mathias percebeu que sentia falta de sua tagarelice, seus olhares, seus sorrisos, seu pangaré mágico, até mesmo da intensidade que às vezes tomava conta de seus traços.

A jovem desviou os olhos de Mathias e pousou-os na criança. Estendeu-lhe os braços e sorriu para ela. A pequena continuava imóvel. Mathias a empurrou. Renée se dirigiu para Jeanne como um pequeno robô. Jeanne pegou a menina no colo e percebeu que, apesar de magra, a garotinha era bem pesada. Toda músculos e ossos.

— Como é o seu nome?

Ela não respondeu. Conservava o ar de birra. Jeanne e o soldado trocaram um olhar. Renée se virou e ficou de frente para Mathias. Não teve pressa em falar, sem despregar os olhos dele:

— Meu nome é Renée.

Os olhos do soldado estavam ligeiramente confusos. A criança continuava a lançar sobre ele seu olhar opressivo. Os três permaneceram imóveis por um momento. A lua nascera e irrigava a cozinha com sua luz difusa e azulada, fazendo-a parecer um destroço no fundo do mar. Mathias escapou do olhar de Renée.

— Tenho que ir — disse.

Virou-se e saiu. Ouviram seus passos no piso do corredor. Renée se livrou rudemente dos braços de Jeanne, que a pôs no chão. Foi até a janela; Jeanne a seguiu. Mathias se afastava na direção do portão. Olhou para trás uma última vez antes de desaparecer. Renée observava o quintal coberto de neve, a árvore queimada e, principalmente, a carcaça do cavalo morto.

Renée não quis voltar para o colo de Jeanne para descerem até o porão. Lá embaixo, dezenas de olhos a examinaram na luz bruxuleante de lamparinas a óleo. Havia ali cerca de vinte pessoas, de todas as idades. Renée percebeu primeiro as crianças, duas meninas mais velhas que ela, e um adolescente. Ressoaram murmúrios. Uma mulher exclamou: *"Ave Maria!"*; não se sabia direito se era gratidão ou crítica que ela dirigia à mãe de Cristo.

— Um soldado americano acaba de me pedir para cuidar dela — disse Jeanne.

— Um soldado?! Precisa me dizer quando aparece um soldado! Onde ele está?

Era Jules, o pai de Jeanne, que falara com sua voz de tenor. Renée compreendeu imediatamente que era ele o chefe naquele porão. Era alto, forte como um carvalho, com olhos escuros penetrantes, mãos enormes e uma expressão colérica que se transformou instantaneamente quando cruzou com o olhar de Renée.

— O soldado foi embora — respondeu Jeanne. — Ela não tem mais ninguém, seu nome é Renée.

Olharam para Renée que não tinha mais ninguém com um misto de compaixão e curiosidade, em um silêncio solene. Berthe, mãe de Jeanne, uma mulher robusta com o rosto quadrado e determinado, acariciou o cabelo da criança. Em seguida a voz da ancestral Marcelle, a avó de Berthe, rompeu o silêncio.

— O que eles vieram fuçar na vila, os americanos? — perguntou, irritada.

As crianças riram da pergunta da anciã. Berthe as repreendeu com o olhar.

— São eles que estão nos libertando, Bobone. Lembra-se de quando vieram nos salvar dos boches?

— É, talvez — resmungou Jules.

Berthe se aproximou de Renée e se agachou para ficar da sua altura.

— Vamos, minha fadinha, vai ser muito difícil.

Renée não duvidava disso, e encarou Berthe com perplexidade. A tia Sidonie, cunhada de Berthe, exclamou com uma voz trêmula:

— Pobre rãzinha!

Fora ela que invocara a mãe de Cristo. Renée se empertigou e lhe dirigiu um olhar duro; não era uma pobre *rãzinha*! Estava cheia daquela piedade a seu respeito, daquelas expressões constrangidas, daqueles olhares que volta e meia se esquivavam. E Jeanne colocou a cereja no bolo, murmurando para a mãe:

— Ela é judia. Foi o pároco de Stoumont que a entregou ao soldado. Os SS estavam na frente da casa dele.

Berthe fez o sinal da cruz. Um murmúrio de terror perpassou o grupo.

— Se os Fridolin a encontrarem aqui... — disse Berthe.

Uma mulher segurando um bebê no colo avançou.

— O que está dizendo?! Não é possível, meu Deus! — gritou, com uma voz superaguda. — Ela vai fazer todo mundo ser fuzilado!

Bom, ela era a covarde do bando. Renée não tinha dúvida. Embora às vezes essas pessoas se revelassem de uma coragem extraordinária. Não devia condená-las precipitadamente. Mas era melhor desconfiar e observar. Renée ligara novamente seu pequeno detector. Ele trabalhou menos durante o tempo que passara com o alemão. Sentira-se em segurança. Como nunca. Na realidade, estava exausta de ficar o tempo todo atenta, com os nervos à flor da pele, o cérebro alerta. Experimentava essa sensação de cansaço sem ter plena consciência dele. Mas descobrira a diferença com o alemão. Descansara com ele. Baixara a guarda. E agora ele partira. Ele teria voltado para os seus? Ela expulsou esses pensamentos. A roda girara. A situação mudara. O melhor era se adaptar. E viver.

4

Muito nervosa, a mulher covarde embalava o filho enquanto observava Renée. O menininho, aliás, não parecia muito em forma. Não tinha mais de dois anos, bastante pálido e magro. Catarro verde escorria do seu nariz e ele tossia o tempo todo. Jules veio pegar Renée pelos ombros e subtraí-la dos olhos maldosos de Françoise.

— Não se preocupe, fadinha, eles não são maus. Só têm medo, só isso. E o medo emburrece. Mas aqui é a minha casa e eu não tenho medo.

Levou-a para mais longe no grande porão abobadado. Num colchão, estava sentada a velha Marcelle; trajando várias camadas de roupas e com um xale de lã na cabeça, parecia uma boneca russa, com mais rugas e menos cores. Ao lado de Marcelle, havia outra velha, mas um pouco menos velha e muito menos agasalhada. Essa tinha olhos muito estranhos, de um azul quase branco. Exibia um coque desarrumado; seus cabelos eram de um preto brilhante. Sorria, mas Renée não saberia dizer se aquele sorriso se dirigia a ela ou a algum personagem invisível encolhido em um canto escuro do porão.

— Afinal onde está a fadinha judia? — gritou Marcelle para todo mundo.

Renée se perguntou se ela também era cega.

— Aqui, Bobone, aqui — respondeu Berthe com bom humor.

— Boa menina. É uma das nossas — retorquiu a ancestral.

A risada de Jules repercutiu nas abóbadas de pedra. As pessoas se encolheram um pouco. Qualquer ruído podia lhes trazer aborrecimentos, mas parecia que Jules não ligava para isso, pelo menos quando o ruído era produzido por ele.

— O que foi, pensou que ela tivesse chifres e cascos? — ele perguntou.

— Eu achei que ela fosse preta — respondeu Marcelle, com toda a boa-fé.

Um murmúrio arrependido invadiu o porão. As crianças riram de novo. Jules se divertia muito com a avó.

— Como no Congo? — insistiu.

— Não, menos preta. Mas mesmo assim...

Não sabendo realmente em que consistia sua identidade judaica, Renée aceitava com naturalidade que as pessoas que a conheciam soubessem menos ainda do que ela. Teria adorado lhes dar respostas, se pudesse. Judeu tinha alguma coisa a ver com religião, isso ela sabia. No castelo, as freiras lhe disseram que os judeus não iam com a cara de Jesus e que eram responsáveis pela sua morte. Renée, por sua vez, não tinha nada contra ele, muito pelo contrário. Sentia pena dele quando o via na cruz. Perguntara por que os outros judeus não gostavam daquele pobre homem, que parecia já ter sua cota de problemas, mas não obtivera resposta. Olhavam-na com ares entendidos, e era tudo.

Havia também uma língua judaica, embora os judeus morassem em todos os cantos do mundo. Sua amiga Catherine conhecia essa língua porque a falava com seus pais antes de chegar ao castelo. As crianças judias que ela conhecera não tinham realmente nada de especial, exceto talvez a cor do cabelo e dos olhos, escuros como os seus. No castelo, não havia nenhum judeu preto. Mas sem dúvida isso existia, porque os judeus viviam em toda parte.

A palavra "judeu" era um verdadeiro mistério. Renée jurara desvendá-lo um dia, e sobretudo compreender por que essa palavra deixava as pessoas ora covardes, como o pai de Marcel e Henri, ora más, como Françoise ou Marie-Jeanne, ora corajosas e fraternas, como os fazendeiros da outra chácara, irmã Marthe, do Sagrado Coraçao, o pároco ou Jules Paquet. Era isso o que afligia Renée acima de tudo, as emoções que essa palavra desencadeava, a capacidade que tinha de desnudar os seres. O alemão, por sua vez, parecia não estar nem aí para o fato de Renée ser judia. Deveria tê-la matado, porque era um soldado alemão e eles supostamente deviam matar ou deportar os judeus, mas ele não o fizera. Depois, isso não teve mais importância. Com ele, Renée era ela mesma. Pela primeira vez na vida, na companhia do soldado alemão, a menina esquecera que era judia.

Naquele porão, não tinha como não se lembrar. Voltara a ser um objeto de curiosidade. Por outro lado, sentia que não estava mal entre aquelas pessoas. Jules, sobretudo, a reconfortava e divertia.

— Venha cá, minha pequena! — chamou Marcelle, estendendo a mão a Renée.

Renée a pegou, não sem um pouco de apreensão. A menina não convivera muito com idosos; Marcelle impressionava um pouco, com sua voz rouca e todos aqueles anos acumulados.

— É realmente uma bela rãzinha! — disse a velha com um sorriso meigo, mostrando a boca completamente desdentada.

Marcelle ainda pronunciou algumas palavras em flamengo, que Renée não entendeu, pois todo mundo se voltara para o que acontecia na escada: um soldado americano com ar feroz apontava sua arma para tudo que se mexia, ladrando palavras incompreensíveis. Começara de novo. Renée se escondeu atrás de Berthe e não se mexeu mais. E se o solado na escada fosse um falso, ele também, um disfarçado? Mas alguma coisa dizia à pequena que aquele sujeito com gestos amplos e explícitos era de fato um americano. Renée ainda não vira americanos, mas aquele homem não era um alemão. Teria posto a mão no fogo.

O soldado era seguido por outros dois. Os três estavam muito nervosos, agitando suas armas como garotos brincando de polícia e ladrão. À habitual pergunta referente à presença de Fritz na casa, Jules Paquet respondera que não, não havia Fritz ali, *just family, just family!* E *please don't shoot!* Eles não eram gentis, os ianques, e Jules sabia que em Trois-Ponts jogaram uma granada em um porão cheio de pobres civis, só porque desconfiaram da presença de boches entre eles. Eles não faziam nada pela metade, podia-se dizer. E, enquanto gesticulava com seu maxilar de Tarzan, o homem não dizia nada que valesse a pena. Todo mundo estava com as mãos para cima. Esperavam as ordens. Tarzan ordenou que se alinhassem no pátio. Terminariam acreditando que eles não valiam mais que os boches.

Saíram do porão em fila indiana, mãos na cabeça, e se viram no frio da noite. Tarzan se chamava Dan; seu tenente lhe ordenou que ficasse de olho nos civis, enquanto ele e os outros soldados iam revistar a fazenda. Dan ficou então de olho nos civis, e sem nenhuma benevolência. As nucas desapareciam nos ombros, procurando o calor, os pés se erguiam para evitar o contato prolongado com as pedras geladas. O pequeno Jean, sempre doente, tremia nos braços de sua mãe. A velha Marcelle parecia prestes a desmaiar. As crianças estremeciam de terror e frio. Renée já passara por outras, e sofria pacientemente. Mas enquanto esperava sem se mexer, pressionando o peito para sentir seu Ploc amarfanhado sob o casaco, bruscamente se viu de novo na floresta, de costas para os dois soldados que deviam matá-la. Ouve o revólver sendo engatilhado. Sente hesitação, primeiro, e medo no homem que aponta a arma para sua cabeça. Depois, o outro fala. Aquela voz, rouca, cálida. É ele quem vai atirar. Ela sabe que é o fim, mas ainda quer ter certeza. Volta-se, encontra os olhos atrás da arma apontada para ela. O olhar do alemão. Metálico, sem expressão, mas não completamente; alguma coisa se acende no azul frio, logo antes do estampido. Também vê um ligeiro franzir das sobrancelhas, como se alguma coisa lhe escapasse. A voz do soldado americano arranca Renée de sua visão. Ela retorna ao pátio, para o meio daquelas pessoas que ela não conhece. O alemão a abandonou. Isso é um fato e ela não pode fazer nada.

O pequeno Jean começou a tossir de novo. As velhas gemem. Berthe e Jules amparam a avó. Sidonie pergunta ao soldado americano quem controla o vilarejo, o exército alemão ou os Aliados. O sujeito não entende nada. Hubert, o guarda rural, faz a pergunta em seu inglês mais ou menos.

— *The Fritz* — responde o soldado.

Sussurros e pavor. Marcelle não se aguenta mais. Berthe dirige olhares suplicantes a Tarzan. Vê-se que Jules gostaria de lhe dar um soco no meio da cara. E o soldado finalmente faz sinal para as duas idosas e para Françoise e seu filho entrarem.

Os outros soldados voltam; não encontraram nada, pelo menos não alemães. Todo mundo retorna ao porão.

A meia dúzia de americanos se instala na palha, em um porão menor e mais baixo, de tijolos, contíguo ao grande porão abobadado onde estão os civis. Há feridos entre eles. Um rapaz bem jovem tem uma lesão na cabeça, que sangra através das bandagens. O chefe da pequena tropa é o tenente Pike; é um homenzinho nervoso, de óculos. Renée o acha bem mais simpático que Dan. Esse último sorri o tempo todo, e é estranho porque seu sorriso não é um sorriso de verdade; é mais uma careta, como no *Quebra-nozes*. O tenente Pike pede para as mulheres irem para a cozinha, acenderem o fogo e prepararem uma comida para os soldados.

— Essa é boa — diz Berthe —, já não temos nada para as crianças!

Mesmo assim, Berthe, Jeanne e Sidonie fazem o que lhes pedem e Renée as segue, o que parece não agradar a Dan. Mas Renée está se lixando para ele, quer ficar com as mulheres. Com grande pesar, dividem o pedaço de presunto que Jeanne trouxe dos Dussart. Berthe começa a misturar uma espécie de farinha estranha, cheia de pedaços de cereais, com água. Max, um soldado negro, alto e musculoso, olha a mistura com perplexidade.

— *What's that?* — pergunta, com nojo, apontando o dedo enorme para a tigela.

— Farinha para os animais — declara Berthe, orgulhosa, como se lhe oferecesse um peru recheado. — Só temos isso, rapaz.

Max não parece ter se convencido. Mas Berthe faz uma cara de gula.

— Nham — diz, esfregando a barriga.

O soldado lhe responde com um grande sorriso de menino. Um sorriso de verdade, aquele. Berthe e Sidonie estão tristes por ele. Renée se junta a Jeanne, que prepara bandagens cortando um pano de prato. Renée quer ser útil; Jeanne compreende e lhe entrega as bandagens, que não devem encostar em nada, senão correm o risco de infeccionar as feridas. Dan rodeia Jeanne. Renée entendeu sua manobra; ele não tirava os olhos da moça no pátio. Quer puxar conversa, mas Jeanne o ignora e continua sua tarefa. Dan fica contrariado.

Ele não sabe mais o que fazer para chamar a atenção da moça; acaricia a cabeça de Renée. Esta se desvencilha bruscamente e o fulmina com o olhar. Não me toque, Quebra-Nozes! Dan diz alguma coisa que Jeanne não compreende, mas tem algo a ver com Renée e os curativos, algo como seria bom se Renée ajudasse Jeanne carregando os curativos, como parecem tentar indicar o polegar para cima e o sorriso idiota. Jeanne finge não compreender; encara-o com um misto de irritação e desprezo.

As duas mulheres dão as costas para Dan, mas ele não se dá por vencido; pega o boneco que está saindo do bolso de Renée e se põe a pular, balançando Ploc feito uma marionete.

— *Look! Look who's there!*

Ele grita, se agita, diante da fisionomia horrorizada de Renée. O que ele quer? Que Renée tente agarrar o boneco? Ele pode sonhar com isso! As outras crianças riem mesmo assim; o pequeno Jean ri, e isso contagia todo mundo, pois é de fato a primeira vez desde que Renée chegou. O pobre Ploc é maltratado, sua cabeça bate com força na coluna. Renée está cheia. Tenta pegar a qualquer custo seu velho boneco de pano. Até que finalmente o americano interrompe seu espetáculo e lhe devolve o brinquedo. Jeanne não tirou os olhos da cena. O americano encontra nela um olhar repleto de desdém e tenta esconder a decepção sorrindo para as crianças.

No porão dos soldados, Jeanne e Renée levam as bandagens para Ginette, a outra idosa, a dos olhos claros. Ela está perto do soldado ferido na cabeça. Retiraram-lhe o curativo antigo e notaram que seu ferimento é enorme, muito feio. Jeanne se põe na frente de Renée para poupá-la. Mesmo assim ela consegue ver o ferimento, e isso lhe é indiferente, ela só está um pouco triste pelo soldado. Ele sente dor, dá para ver. Berthe chega com um pote de mel e um ar carrancudo.

— Nunca vi ninguém cuidar de uma ferida com mel — diz Berthe. — Um resfriado, vá lá...

Ginette ignora a observação, pega uma boa quantidade da pasta dourada com a mão e aplica uma camada espessa sobre a carne viva. Ginette olha para Renée e lhe explica.

— No começo vai ficar vermelho por um ou dois dias, depois vai começar a fechar, você vai ver.

Ginette falava como se conhecesse Renée desde sempre. Berthe deu um suspiro e se afastou. Os soldados começavam a tomar seu caldo de aveia. Mastigavam lentamente; aquilo parecia grudar nos dentes. Distribuíram para os civis também, e todos se puseram a mastigar. Todos ruminavam, fazendo ruídos molhados. Renée sentia saudade dos pedaços de carne de lebre temperados com frutas silvestres; do saboroso chá de pinho feito com água da fonte. Um nó se formou em sua garganta; não conseguiu terminar o prato. Devia ser a primeira vez que isso lhe acontecia. Percebeu que uma das duas garotinhas se aproximara dela. Era a mais velha. Morena, magrela, olhos inteligentes, praticamente não os desviara de Renée desde a sua chegada, hesitando em lhe dirigir a palavra.

— Meu nome é Louise — ela disse. — Sou a irmãzinha de Jeanne. Tenho dez anos. E você, quantos anos tem?

— Sete — respondeu Renée com orgulho.

Na realidade, não fazia ideia. Seus documentos de identidade foram perdidos ao longo dos inúmeros deslocamentos. Estava na classe de madame Servais e tinha as mesmas aulas dos que cursavam o segundo ano, que tinham sete, era tudo que sabia. Então, decidiu ter sete anos também.

Renée só tinha recordações precisas a partir de seus quatro anos, na casa dos fazendeiros do "outro lado", como ela dizia, para distingui-la das paisagens do sul da região que frequentara posteriormente, muito diferentes, mais arborizadas, com o relevo mais acidentado. Antes disso, Renée não sabia onde residira; tinha apenas vagas lembranças — imagens, sons, ambientes — que às vezes vinham visitá-la. Havia, por exemplo, uma joia de ouro, um porta-retratos com dobradiças que balançava à sua frente como um pêndulo e a ajudava a dormir. A visão da joia vinha sempre acompanhada de um aroma de almíscar. Esse pingente pertencia a uma pessoa que cuidara dela ou à sua mãe? Era perfeitamente possível que fosse uma recordação de sua mãe. Mas não tinha certeza e, para Renée, de nada adiantava cultivar ilusões. A maioria das crianças na sua situação teria forjado recordações a partir de fiapos de vida emaranhados, costurados e idealizados em seguida para formar uma tela de beleza e doçura destinada a protegê-las do inferno de sua realidade. Mas Renée não fazia esse tipo; dava provas de uma lucidez que mais de uma vez assustara as raras pessoas que se deram o trabalho de conhecê-la. Era dura consigo mesma e, na mesma proporção, com os outros. Não barganhava com a realidade. Nunca. Em contrapartida, mergulhava com paixão nas lendas e contos de fadas, histórias antigas muito distantes de seu presente. De modo confuso, encontrava nelas os únicos e verdadeiros remédios contra a feiura do mundo e, paradoxalmente, os ofuscantes reflexos de sua beleza fugaz.

Louise a convidou para desenhar. No porão havia grandes rolos de papel de parede, que sobraram do ano anterior, quando reformaram o quarto de Jeanne. As meninas se instalaram no chão, num canto. As outras crianças não demoraram a se juntar a elas — Blanche, de oito anos, irmã do pequeno Jean, e Albert, de catorze, irmão de Louise e Jeanne, e que se mostrava bem distante em relação a Renée desde a chegada dela à fazenda. Renée se lançara em um grande retrato de Maugis, o dono do cavalo mágico, tão vivo que parecia à beira de encarnar. Os olhos, sobretudo, eram cativantes: amendoados, de um azul claríssimo e metálico, de expressão ao mesmo tempo severa e distante. O desenho ocupava grande parte do rolo; era quase em tamanho natural. As crianças fizeram perguntas, mas Renée estava concentrada; explicaria quando o desenho estivesse terminado. As crianças continuavam a observar a menina, fascinadas. Quando julgou sua obra terminada, se sentou com as pernas cruzadas e contemplou-a em silêncio. Então começou a contar sua história.

5

Mathias caminhou o dia inteiro após dormir em um *foxhole*, do qual desalojara o cadáver de um americano bem jovem. Ao sair da fazenda onde deixara Renée, vagou pela noite à procura de um refúgio, recusando-se obstinadamente a retornar à cabana que os abrigara. Esgotado e com frio, topara com aquele rapaz morto, olhar atônito, apertando um fuzil contra o corpo. Mathias retirara o corpo do buraco e o deitara na terra a poucos metros de distância. Fechara-lhe os olhos e se instalara naquela espécie de túmulo.

Não dormiu e, de madrugada, retomou sua marcha sem destino. Não sabia para onde ir nem o que fazer. Pela primeira vez na vida, estava completamente perdido, literalmente desorientado. Toda a sua maravilhosa engrenagem enguiçara. Percebia claramente que não era mais o mesmo depois que encontrara a menina. Renée. Que nome potente. Era quase cômico. O rosto da velha índia lhe voltou à mente. Ela não teria achado isso engraçado; teria percebido um sinal, um "caminho". Para onde? Para qual destino oculto e subitamente revelado? Ele nunca confiou nas palavras da velha Chihchuchimâsh, zombava carinhosamente dela e de suas previsões, e ela o achava um bobo com um parafuso a menos. No fundo, sentia pena dele. Apelidara-o "Mata-Muito", e isso lhe caía feito uma luva, pois, sim, matava muito.

Caçador nas florestas do norte da baía de James em meados dos anos 30, Mathias morava sozinho, convivendo com os índios de longe, em virtude das necessidades de logística. Então um dia sua canoa virou nas corredeiras de Avoine, no rio Rupert. Chihchuchimâsh o encontrou agonizando sobre uma pedra na beira do rio. Fora o cachorro de Mathias que atraíra a índia até ele. Mathias sofrera um traumatismo craniano, mas se recuperara, depois de uma febre alta que durou uma semana.

Mathias caminhou assim durante muito tempo, visitado por breves e poderosos deslumbres advindos do Canadá. Apesar da confusão e da profunda incerteza, uma coisa ele sabia: sentira uma saudade imensa da floresta. De uma floresta de verdade. Era a primeira vez em cinco anos que vivia em uma por mais de algumas horas. Seus treinamentos entre os brandemburgueses comportavam percursos nos bosques, e suas missões de infiltração entre os resistentes o levaram a viver na natureza, mas ele agora percebia a que ponto aqueles momentos foram raros. Também sentira falta da solidão. Mas nunca tivera plena consciência disso durante aqueles anos de guerra. Até aqueles três dias na cabana, na companhia da menina.

Por volta de meio-dia, Mathias resolveu sair da mata e seguir por uma estrada de terra que serpenteava através do campo. Parou de nevar, mas o frio permanecia intenso, o céu, plúmbeo. Um pouco adiante, topou com um lugarejo. Na rua principal, mulheres lançavam pelas janelas cobertores e roupas que as crianças e os homens recolhiam embaixo e amontoavam em carroças ou outros veículos. Os moradores corriam para fugir do avanço alemão, na mais completa histeria. Quando Mathias apareceu, os ocupantes se abateram sobre ele como um enxame de moscas. Uma velha mão recurvada agarrou seu casaco, um homem robusto e corado o segurou pelos ombros. Vozes estridentes de mulheres ressoavam em toda parte. "Deus seja louvado! O senhor chegou na hora H!", "Os boches estarão aqui em poucos minutos", "Salve-nos, proteja-nos!" Todos gritavam, se lamentavam, levantavam crianças, como se ele fosse o papa, ou o Cristo Salvador em pessoa. Mas ele não podia fazer nada por eles.

Durante muito tempo, vivera anestesiado por esses instantes de ilusão, quando era recebido como libertador, como um herói pelas pessoas boas e ingênuas. Deleitava-se com a euforia que vinha antes da frustração e com o horror que aquela farsa causava. Porque o Mal que assume a aparência do Bem ganha uma dimensão nova, sem igual e sem perdão.

Diante daquelas pessoas, naquela praça, nada disso o divertia mais. Ele poderia ter brandido sua arma e gritado algumas palavras em sua língua materna, vislumbrado aquele segundo de vertigem e incredulidade nos rostos, antes que as nucas se curvassem e os braços se levantassem acima das cabeças. Mas estava cansado.

No meio do tumulto geral, um homem perguntou:

— Está sozinho?

Quando Mathias respondeu que sim, todos recuaram, soltaram-lhe as mãos, os braços, as roupas, como se ele tivesse se revelado subitamente acometido pela peste. Estava sozinho. Incapaz de protegê-los do inimigo. Não servia mais para nada. Os homens voltaram aos seus preparativos de partida; algumas mulheres ainda permaneciam ao seu lado, olhando-o com compaixão. Uma moça bonita aproximou os lábios de seu rosto e nele depositou um longo beijo, como se ele fosse um gladiador antes do combate. Mathias conservou por muito tempo a sensação daquela boca carnuda, quente e úmida em sua pele. Então partiu.

Ele foi direto para a colônia alemã anunciada pelos aldeões. Ia voltar ao seu acampamento. Era isso que tinha que ser feito. Com certeza lhe explicariam a situação e ele continuaria seu trabalho, juntando-se ao Cara Cortada e acompanhando-o aonde a guerra o levasse. Mas Mathias não duvidava de que aquele sujeito astuto e dinâmico ainda tivesse mais de uma carta na manga e ia dar um jeito de terminar aquela guerra de maneira divertida, mesmo escapando à derrocada quando as coisas realmente fossem pro buraco.

Pouco tempo depois, ouviu o ronco de um tanque de guerra e percebeu os capacetes atrás do morro; aqueles capacetes que ele sempre achara ridículos, com sua grande aba em volta da nuca e caindo na testa, que conferiam irremediavelmente um aspecto idiota e mau a qualquer um que os usasse. Até Gandhi ia parecer um idiota com aquele capacete enfiado em sua cabeça careca. Mathias permaneceu no meio da estrada, preparado para tirar o próprio capacete americano quando estivesse visível; era o sinal entre os disfarçados de Skorzeny e os outros soldados do Reich: "Sou dos seus, não atirem". Os soldados da infantaria se aproximavam, um deles ergueu a cabeça. Seus olhos estavam ocultos sob a feia viseira de metal; não se distinguia de seu rosto senão a boca escancarada e estúpida. Subitamente, Mathias pulou no fosso e rastejou até um arvoredo de pinheiros. Também não queria esses homens. Pretendia ficar sozinho e que o deixassem em paz. Do seu esconderijo, observou passar o rebanho verde-oliva. Via sobretudo as botas martelando o solo. Mesmo naquele campo desolado, marchavam em cadência, com um bastão nas costas, quase tão rígidos quanto se desfilassem no Portão de Brandemburgo perante o *Führer*.

No fim do dia, Mathias retornou quase involuntariamente à cabana. Empurrou a porta. Inspecionou com cuidado o interior. Notou que alguns objetos estavam deslocados. Tudo indicava que o local recebera uma visita. Mathias fez fogo na lareira, preparou um chá de folhas de pinheiro, tirou do bolso seus últimos biscoitos. Enquanto comia sua refeição simplória, foi atraído por alguma coisa colorida jogada no canto da cabana. O cachecol de Renée. Com faixas vermelhas e verdes. Ele a obrigara a tirá-lo porque era muito chamativo. Mathias pegou o tecido, levou-o ao rosto. O cheiro da criança impregnava a lã úmida. Um cheiro característico, natural, "corporal", mas polvilhado, como se ela conservasse alguma coisa de bebê, remotos aromas de talco perfumado. O rosto da garotinha surgiu para Mathias, com suas mudanças bruscas de expressão, aquela candura desconcertante que subitamente podia dar lugar a uma profunda seriedade. Alguma coisa poderosa e insondável que Mathias nunca encontrara em ninguém.

Renée. Ele sentiu a necessidade irreprimível de vê-la, ouvi-la, senti-la junto a si. E se a fazenda fosse tomada pelos homens de Peiper? Os comandos de infiltrados de que Mathias fazia parte tinham como missão facilitar o avanço das tropas "oficiais", destacando-se a terrível e célebre divisão SS Adolf Hitler. Entre seus oficiais estava Joachim Peiper, um brutamontes elegante e hipócrita, assessor de Himmler durante anos. A divisão não devia estar muito longe naquele momento, e Peiper, já altamente responsável por massacres de civis e judeus no leste, recebera ordens de botar para quebrar. Nessa louca ofensiva, Hitler o queria cruel, intratável e vingador, igual aos deuses ancestrais pelos quais os nazistas eram apaixonados e que usavam como modelo para assustar as crianças. Mathias enfiou seu casaco, apagou o fogo e saiu.

6

René estava perfeitamente adaptada à atmosfera dos porões da fazenda Paquet. Como sempre, compreendera rapidamente como a "máquina funcionava", quem era quem, quem fazia o quê. Entendia-se muito bem com as crianças, que apreciavam seu talento de contadora de histórias, as brincadeiras que sugeria com muita imaginação, nas quais desempenhava os personagens mais variados com emoção e humor. Na realidade, ela arrancava as crianças do tédio no qual viviam desde que estavam confinadas no porão. Renée não demorou a se acostumar a ficar dentro de casa, com a proibição de sair e fazer barulho; sabia se divertir, apesar das restrições.

A velha Ginette lhe demonstrava benevolência especial e não perdia a oportunidade de botá-la no colo para cantar uma canção ou contar uma história. Quando se aconchegava junto a ela, Renée se sentia estranhamente bem, em segurança, muito calma, e quase sempre com sono. Apesar de sua compaixão, Renée não gostava de Françoise, porque Françoise não gostava dela. Jean tossia muito, impedindo todos de dormir. Estava sempre com febre, chorava muito. E as raras vezes que queria brincar com as outras crianças, Françoise o segurava e o apertava contra si.

Após sua chegada bombástica, os americanos até que se comportaram bem, respeitando os civis e sendo solícitos. Dan continuava a assediar Jeanne, com seu sorriso reluzente que parecia exibir um excesso de dentes. Jules Paquet então lhe dirigia olhares pouco gentis. Jeanne não fazia nada para estimular o americano. Ao contrário, olhava-o de cima a baixo e o colocava em seu lugar com gestos ou mímicas de mulher virtuosa ultrajada.

Renée se esforçava para não pensar no soldado alemão. Seu soldado, como o chamava em segredo. Ela, que nunca considerara nada certo ou definitivo, começara a acreditar que aquele homem podia ficar com ela para sempre. Pouco tempo antes de Renée ter ido morar na casa de Henri e Marcel, quando estava no castelo da irmã Marthe, chegara uma garotinha de dez anos, Margot, que repetia incessantemente que sua antiga professora viria buscá-la porque gostava muito dela. Margot contava a todo mundo que a srta. Élise (Renée ainda se lembrava do nome da professora) a levaria para sua casa, que seria sua mãe, até que sua verdadeira mãe viesse buscá-la. A srta. Élise nunca mostrou a ponta do nariz no castelo e, mesmo assim, Margot continuava a esperar e sonhar alto, o que terminou irritando Renée. Ela não compreendia por que os adultos não diziam a Margot que tudo aquilo não passava de mentiras. Era preciso ajudá-la, dizer-lhe a verdade. Então Renée fez o que os adultos hesitavam em fazer: diante de todas as crianças reunidas, explicou a Margot que ela devia parar de acreditar naquelas narrativas fantasiosas, que a srta. Élise não viria, ou então só para lhe dar um oi. A pobre criança desatara a chorar. Renée a pegara nos braços para consolá-la, mas ainda não terminara; era preciso que Margot compreendesse outra coisa: que seus pais não voltariam mais, que talvez estivessem muito longe, ou pura e simplesmente mortos. A menina primeiro fitou Renée como se ela fosse o diabo, depois começou a bater nela com toda a sua força, até que uma religiosa viesse separá-las.

Repreenderam Renée e a castigaram, privando-a do passeio durante quatro domingos. Ela não compreendia essa injustiça. Não podiam castigá-la porque ela dizia a verdade, por mais dura que fosse. Ninguém viera buscar Margot. Ninguém nunca vinha buscar criança nenhuma.

Jules Paquet rachava lenha na casinhola do forno. A luz que entrava pela porta aberta desapareceu subitamente. Jules não enxergava mais nada e quase cortou o joelho. Virou-se, praguejando. Um vulto alto e largo se postava na moldura da porta, displicentemente recostado no portal. Um homem lhe roubava sua luz. Um homem que ele não conhecia o observava rachar lenha no seu canto, sem anunciar sua presença. Mais um daqueles malditos ianques. Jules apertou o cabo de seu machado e avaliou o homem, que falou:

— Fui eu que trouxe a menina.

Tudo bem. Mas o fato de ter trazido a pequena autoriza um sujeito a entrar na fazenda Paquet como uma serpente? Jules levou alguns segundos para notar que o sujeito lhe falara em um francês perfeito. Embora com sotaque.

— E daí? — respondeu Jules, a mão sempre crispada no machado.

— Ela continua aqui? — perguntou o outro.

— Claro que sim, onde ela estaria?

E essa agora! Não, ela não está mais aqui, entreguei-a a um vizinho que não tem medo de ser fuzilado! Que tapado o sujeito!

— Eu queria vê-la.

— Há alguns companheiros seus na minha fazenda.

— Eu sei, havia um batedor na estrada.

Merda, então! No entanto, era o grande Max quem estava de guarda, um negro esperto e discreto, sempre atento. Jules observou Mathias da cabeça aos pés. Certamente não convinha bancar o engraçadinho com aquele ianque. Jules percebeu que o soldado sorria e ficou impressionado com o brilho de seus olhos claros, que irradiavam uma ironia que agradou ao fazendeiro.

— Venha, vamos fazer as apresentações — disse Jules.

Quando Mathias percebeu que a fazenda estava ocupada pelos Aliados, hesitara. Esperara antes de se decidir, perguntando-se o que ia fazer uma vez lá dentro, pois não se colocara a questão na véspera. Tudo que sabia é que queria estar perto de Renée. Depois pensaria. Mas agora a coisa se complicava. Renée precisava lhe dar cobertura, não revelar sua identidade. Mathias não tinha nenhuma dúvida quanto a isso: ela não o trairia voluntariamente. Mas o efeito surpresa e a emoção podiam ter consequências imprevisíveis, sobretudo numa criança tão jovem. Após refletir sobre essas questões durante uma hora, parara de pensar e entrara no pátio. Desviar por um instante a atenção do batedor fora brincadeira de criança.

O pai de família agradou muito a Mathias: vozeirão, forte, engraçado. Mathias percebera imediatamente que aquele homem também era corajoso. Era uma qualidade que ele podia pressentir instantaneamente nas situações de tensão e perigo. Os dois subiram em silêncio os degraus da escada de acesso, entraram no corredor, depois na cozinha.

Mathias logo se viu com quatro armas apontadas para ele. Os americanos o fitaram com desconfiança. Era normal: sabiam da Operação Greif. Mathias já tivera de responder a algumas perguntas ao passar por uma barreira. Saíra-se muito bem, mas foi uma sorte Hans não ter zurrado seu horrível inglês da Baviera.

Fizeram Mathias se sentar. Pike se aproximou e observou-o por um bom tempo através de seus óculos antes de lhe dirigir a palavra. Mathias adotou seu sotaque mais autêntico da Nova Inglaterra, que correspondia perfeitamente ao seu físico e às suas maneiras de menino de boa família, para enunciar sua falsa identidade: Mathew Rooney, 30ª Divisão de Infantaria, nascido em Boston, Massachusetts. Contou que sua mãe era do Quebec, o que explicava o fato de falar fluentemente o francês. Pike relaxou um pouco, os canos dos fuzis se abaixaram. Paquet aproveitou para descer ao porão. Jeanne e Berthe ouviram certa agitação; foi com alívio que viram Jules chegar. Ele contou que o soldado que trouxera Renée voltara e estava sendo interrogado pelos americanos. Jeanne teve um sobressalto. Renée, que brincava com Louise não longe dali, ouviu as palavras de Jules. Recebeu-as com uma onda de choque. Alguma coisa se crispou em seu peito e seu coração quase parou de bater. De volta. Ele voltara. Agora que a fazenda estava cheia de americanos. Por quê? Por que, senão por ela?

— Por que o estão interrogando? — perguntou Berthe.

— Estão com medo de que seja um falso.

— Como assim, um falso?

Jeanne falara com um nervosismo que não escapou ao seu pai.

— Ora, um boche disfarçado de americano. Parece que tem um monte.

Era de chorar. A maldade daqueles canalhas não conhecia então nenhum limite. Jeanne o vira. E tinha certeza de que era um verdadeiro. Enquanto todos discutiam, Renée alcançou as escadas. Caminhava sem ruído no corredor. A porta da cozinha estava entreaberta e Renée podia ver Mathias. Ele falava calmamente, em inglês, com um ar que Renée nunca vira nele; extremamente relaxado, exibia um sorriso singular, um sorriso de gato, ela pensou. Seus gestos estavam mais ponderados, mais firmes. Sua voz também era diferente quando falava inglês, ainda mais grave e velada, com uma nuance quase suave. Mas era de fato o seu soldado.

Pike pedira a Mathias para citar todas as províncias do Canadá, e Mathias obedeceu, sem dificuldade; estava em Saskatchewan quando percebeu Renée. Sentiu, mais que viu, o olhar escuro lançado sobre ele desde a moldura da porta. E parou um instante de falar, projetado para aquele olhar. Os soldados se voltaram para ver o que prendia sua atenção. A porta se abriu e Renée entrou na sala. Não se dirigiu para Mathias, parou a dois metros dele. Não dava a mínima para aqueles homens armados em volta deles. Mathias tinha uma bola na garganta. Decididamente, aquela pequena o tirava do sério e o levava a fazer coisas absurdas, como vir se jogar na boca do lobo. Mas isso não tinha nenhuma importância. Ele era muito mais esperto que todos aqueles ianques reunidos, exceto talvez o chefe, Pike, que parecia ter se esquecido de ser idiota. Mathias continuou com sua ladainha das províncias, olhos nos de Renée: Nova Escócia, Ontário. Quase murmurava, parecia recitá-las para ela, como se cada nome tivesse o poder de tranquilizá-la, de significar: "Está tudo bem agora, estou perto de você". Manitoba, Quebec, Alberta. A música estranha desses nomes exóticos debulhados pela voz profunda tinha como efeito o dom de proporcionar serenidade e alegria a Renée. Os americanos pareciam seduzidos por aquela energia, aquela espécie de magnetismo que emanava da criança e do soldado. Pike resolveu quebrar o encanto.

— Tudo bem, Mat. Desculpe, é sempre bom ser prudente...

— Não tem importância — respondeu Mathias, que recobrara seu sorriso de gato.

Desceram ao porão em fila indiana. A primeira coisa que Mathias distinguiu naquele antro escuro foi o olhar desafiador da moça que o recepcionara na fazenda na antevéspera. Ela estava perturbada, e essa perturbação a contrariava. Mathias era capaz de pressentir a tempestade que eclodiu no espírito e nas entranhas da jovem assim que ela o reconheceu. Que idade podia ter, dezessete, dezoito anos? Um rosto agudo, atrevido, um pouco fechado, emoldurado por cabelos escuros armados num coque descuidado. Um corpo magro, mas cheio, cuja musculatura forte se presumia sob a carne untuosa.

Os soldados foram se instalar em seu porão. Mathias se sentou na palha, ao lado do ferido na cabeça, que gemia baixinho enquanto dormia. Dan foi se acomodar perto dele e segurou sua perna por uma boa meia hora. Mathias pingava de sono, enquanto o ianque não parava de falar, com seu sotaque arrastado e fanhoso, descrevendo em detalhes o desembarque na Normandia. Ainda tagarelava quando Mathias caiu no sono.

Em seu sonho, estava na floresta boreal. Avançava sob o vento do norte, o senhor dos ventos, Chuetenshu, o que traz a caça. E Mathias estava efetivamente na pista de um alce; suas raquetes afundavam na neve. Ao chegar ao topo da colina, viu o animal, instalado tranquilamente, mas havia algo estranho: o alce lhe dava as costas. Não se abate um animal que lhe dá as costas. Ele deve estar de frente para o caçador e se entregar à troca de olhares. Era assim que a morte devia sobrevir. Em todo caso, Mathias armou sua espingarda e apontou. O animal se voltou lentamente. A atenção de Mathias foi atraída por um grande estalo; ele voltou a cabeça. Quando mirou de novo, não era mais o alce que se encontrava em sua linha de mira, e sim Renée. Renée que o encarava, que olhava para ele com aquela expressão indefinível e intensa. Wâpamiskw, um grande caçador índio, lhe explicou que, às vezes, acontece de o caçador errar o tiro, ou porque sua presa não está pronta para morrer ou porque é mais forte que o caçador. Então é preciso se curvar diante da vida e voltar para casa. Na época, as palavras do índio não faziam sentido para Mathias. Mas agora ele sabia que nada era mais justo. Só que o fuzil de Mathias cuspiu sua bala. Ele teria jurado que não atirou... No peito de Renée crescia uma mancha de sangue. A criança parecia surpresa, e uma imensa tristeza deu lugar àquela expressão de incredulidade.

Ele acordou assustado e suando. A voz aguda de uma criança entoava uma cantiga: "Não iremos mais aos bosques, os loureiros foram ceifados..." Ele virou a cabeça e a viu. Ela embalava seu boneco, sentada, recostada em Mathias. Ele sentiu um imenso alívio; teve vontade de apertá-la contra si, mas foi incapaz. Ela sorriu para ele.

— Você teve um pesadelo — ela disse. — Estava falando.

Renée o repreendeu com os olhos. Ele falara em alemão no seu sonho? Era possível. Olhou furtivamente para o soldado ferido na cabeça ao seu lado; parecia ainda mergulhado em uma espécie de coma. Nenhum perigo ali.

— Vamos ficar aqui? — perguntou Renée.

— Sim.

— Quanto tempo dormi?
— Não sei.
Ela o irritava com suas perguntas. Nunca fizera isso na cabana. Ele estava ali, já não era tão ruim! De todo modo, não podia fazer uma trouxa e levá-la tranquilamente! Ir para onde? Mas tampouco podia esperar que um daqueles ianques percebesse a trapaça ou que seus compatriotas aparecessem na fazenda. A situação era inacreditável. Não havia saída. Mathias tomou consciência disso subitamente. Renée tinha muito mais chance de sair viva daquela guerra sem sua ajuda. Sozinha na casa de Jules Paquet, ela estava muito mais segura do que em qualquer outro lugar com Mathias. Ele não escutara senão seu instinto ao voltar para ela. Agira de maneira completamente egoísta. Renée o fitava com gravidade; percebia que dúvidas o assaltavam. Colocou a mão no seu peito, transmitindo-lhe calor e confiança. Mas ele não era permeável. Ficou em pé.
— Vamos, vá brincar — disse.
Renée se levantou, deu-lhe as costas e se foi. Mathias se arrependeu e a chamou.
— Pssst! Renée! Consiga um pouco de café para mim...
O rosto da pequena se iluminou, e ela trotou alegremente até Jeanne, ocupada em fazer a cama improvisada da velha Marcelle. Mal Renée se despediu de Mathias, Dan apareceu e se instalou no lugar que ela ocupava. Parecia esperar a saída da criança. Mathias notara a expressão do americano, aquela crispação que se apoderara dele quando Jeanne vira Mathias descer ao porão. Ela agradava ao ianque. O ianque não lhe agradava. Mathias agradava a Jeanne. O tipo de história que costuma terminar mal, e que vinha acrescentar sua dose de inconvenientes a uma

situação já deveras complicada. Será que Jeanne agradava a Mathias? Ele evitava a pergunta.

— Onde encontrou a pequena? — perguntou Dan, todo sorriso.

— Um padre me entregou, em Stoumont.

Dan fez uma careta singular, como se a informação fosse difícil de digerir. Em seguida, fitou Mathias com um semblante inquisitivo. Mas Mathias não falou mais. Foi um erro, pois a relação intensa entre Mathias e Renée, que já despertava a curiosidade e instigava as imaginações, ganhava, pelo mistério com que Mathias a envolvia, um ar de segredo perigoso.

— Você fez a Normandia, então, com a 30ª?

— Isso, Mortain, a colina 314 e tudo o mais.

— Porra... Como foi?

— Maçante. Principalmente no fim.

Resposta um tanto lacônica, mas que fizera Dan rir. Mortain era mítico. Os homens que estavam lá retornaram como heróis. Até os Fritz concordavam nesse ponto: cinco dias isolados no cume de uma colina, rechaçando os ataques da divisão SS Das Reich... Não era à toa que foram apelidados de os "SS de Roosevelt". Para todos naquele porão, Mathias já carregava uma auréola de santo por ter salvado a judiazinha. Eis que Mortain vinha lhe conferir uma aura ainda mais luminosa, quase ofuscante. O caráter bronco de Dan não sabia se devia adular ou detestar aquele homem. Jeanne o devorava com os olhos, e não era preciso ser um bruxo para ver que a jovem o transformara num deus vivo. Dan observou Mathias atentamente; este tragava seu cigarro, olhos no vazio, e parecia perdido num lugar ao qual pessoas como Dan jamais teriam acesso. Dan decidiu detestá-lo.

O ferido com a cabeça enfaixada ao seu lado começou a tossir. Parecia ter dificuldade para respirar. Mathias se debruçou para ver seu rosto: estava vermelho e suando. Mathias fez sinal para Dan a fim de que ajudasse a erguer o garoto. Instalaram-no mais confortavelmente, o torso aprumado para facilitar sua respiração. Em seguida, sentaram-se novamente.

— Tenho primos em Ottawa. E eu sou de Ohio. Meus pais têm uma fazenda — disse Dan, com um sorriso quase infantil.

Mathias fitou-o, impenetrável. Piedade! Aquele imbecil não ia despejar em cima dele sua infância miserável em meio ao milharal e às galinhas esquálidas! Mathias conhecia tudo isso de cor, era invariavelmente *As vinhas da ira* com tipos como ele. E depois aquele Dan era a expressão da arrogância da América retrógrada. O tipo que não se sentava ao lado de um negro no ônibus, que achava que o massacre dos indígenas legitimava sua irrisória gleba de terra, mas julgava ser o braço armado da justiça e da liberdade, a encarnação do bem. Nada no sujeito inspirava simpatia. Quando terminou a descrição sentimentaloide de sua juventude na fazenda, que passava pelo elogio ao *old dad* não obstante alcoólatra e violento e à mãe brutalizada pelos golpes de frigideira, Dan começou a falar mal dos moradores da fazenda Paquet, que não manifestavam suficiente gratidão a seus libertadores, "a nós todos, meu velho Mat, enviados para esse buraco perdido para salvar seus cuzinhos dos Fritz". Mathias limitava-se a concordar vagamente com a cabeça. Dan fez menção de deixá-lo em paz; ia se levantar, mas mudou de ideia, observando Mathias com um sorriso de esguelha.

— Vocês levaram o Graal para Montreal!

O Graal... O que aquele idiota queria dizer? Mathias sentiu uma lufada de calor. Suas mãos ficaram úmidas. Seu cérebro começou a funcionar a toda velocidade. Graal, Montreal. Compreender, rápido. O semblante de Mathias permanecia de mármore, fora treinado para isso. Mas intimamente estava em ebulição. Graal, taça... esporte. E, *paf!*, entendeu tudo. O imbecil queria falar da taça Stanley, vencida pelos canadenses de Montreal em abril! Mas já era tarde demais, Dan respondera em seu lugar:

— A taça Stanley, não me diga...

— Ah, sim, o hóquei — deixou escapar Mathias com desenvoltura, como se aquilo não o interessasse muito.

— Richard é um herói agora. Que gol! Merece uma estátua no Bulevar Saint-Laurent.

O ianque o estudava com desconfiança. Jeanne e Renée chegavam com xícaras de café fumegante.

— Ah, café! — exclamou Mathias, com bom humor.

— Não sonhe — respondeu Jeanne —, é chicória.

— Conhecemos coisa pior durante a guerra!

Jeanne caiu na risada. Dan a fitava com um misto de frustração e inveja. Espumava de raiva ao ver Mathias fazer rir aquela belezura que não lhe concedera a sombra de um sorriso. Renée estendeu orgulhosamente a xícara para Mathias. Jeanne passou uma para Dan, com tamanha brusquidão que o líquido quase queimou o americano.

Renée se mantinha junto aos dois homens. Jeanne continuou sua turnê. Dan tentou parecer espontâneo, desgrenhando o cabelo de Renée, que se afastou bruscamente e veio se sentar no minúsculo espaço livre entre Mathias e o ferido.

— Uma coisa me intriga — Dan deixou escapar, cauteloso.

Mathias limitou-se a voltar a cabeça para ele, tomando seu café. Deus, que sujeito desagradável! Com sua maneira de se dirigir a Mathias como se tivessem criado porcos juntos em sua fazenda medíocre. Quando iria deixá-lo em paz?

— Você voltou por causa de quem? Da grande ou da pequena?

Um sorriso de desprezo se esboçou nos traços de Mathias. Dan sorriu também, com uma expressão entendida, ar lúbrico; a cara que se faz entre bons amigos quando o assunto são bucetas e bundas. Mathias perdeu completamente a vontade de rir. Ficou com nojo. Se pudesse, esfregaria a cara dele na parede chapiscada atrás deles, como um pedaço de queijo.

— Foi Toe Blake quem marcou por último — disse Mathias, num tom displicente.

— O quê? — perguntou o outro, desconcertado.

Mathias pegou um cigarro no maço em seu bolso, acendeu e deu uma tragada profunda. Dan continuou a observá-lo estupidamente.

— A estátua... em Saint-Laurent... é para ele — Mathias articulou claramente, como se se dirigisse a um surdo.

— Mas como sou idiota. Claro, é Blake.

Renée percebera que Mathias pisava em ovos em certo momento, por causa da taça ou sabe-se lá o quê. Sentira muito medo. E depois o colocara em seu lugar, o Quebra-Nozes! O rapaz ao lado dela despertara. Falou com ela e acariciou seus cabelos. Renée aquiesceu. Não que gostasse muito, mas aquilo parecia agradar ao ferido. Mathias se levantou e foi se juntar ao tenente Pike. Ele tinha razão, pensou Renée. Era preciso ser bem-visto pelo chefe, já que não contava com Dan. Conversavam no porão dos civis, sentados em sacos de batatas, tranquilos. Tudo estava calmo; Berthe e Sidonie jogavam um carteado. Marcelle às vezes ria, escancarando sua boca banguela. Renée gostava muito da atmosfera dos porões. Sabia, contudo, que devia partir. Seu soldado, que os americanos chamavam Mat, voltara para buscá-la.

Jeanne juntou-se a Pike e Mathias. Conversava com eles, bastante à vontade, fazendo gestos com as mãos. Quando terminava, Mathias traduzia, Pike balançava a cabeça, sorrindo, e Jeanne recomeçava. O que lhes contava? Renée observava atentamente Mathias, e qualquer outra pessoa certamente não teria notado a maneira ligeiramente mais nervosa com que ele levava o cigarro aos lábios ou o ato de passar mais vezes do que de costume a mão livre no cabelo. Mas a Renée nada escapava das ínfimas mudanças na atitude do alemão, e todos os seus anos de treinamento para se autocontrolar de nada adiantavam. Nada disso agradava à menininha. Era perigoso, muito perigoso. Não deviam se demorar na fazenda Paquet.

Anoiteceu. Instalaram-se em camas feitas com palha e cobertores; aconchegavam-se uns nos outros para se aquecerem. Uma vez apagadas as velas e as lamparinas a gás ou óleo, começavam as tosses e os pigarros, os murmúrios no escuro e, por fim, os roncos. Renée se deitara com as outras crianças. A hora de dormir era sempre especial: momento de solidão e devaneio, frequentemente agradável para ela, mas às vezes insuportável para algumas crianças, que choravam muito ou tinham pesadelos; minutos infinitos em que se sente a chegada do medo, que oprime até dar a impressão de sufocar. Renée conhecera isso no castelo, após o ataque. Dessa vez, adormeceu com o espírito em paz. Seu soldado estava ali, a poucos metros dela.

Ela despertou bem no meio da noite; sentia frio em seu cobertor fino. Então se levantou sem barulho e foi passando por cima dos corpos espalhados por toda parte, como sacos que teriam sido esquecidos numa plataforma da estação. Caminhou até o porão "dos soldados", esgueirou-se junto ao corpo de Mathias. Ele dormia de barriga para cima, com um braço atravessado sobre a testa. Mexeu-se quando sentiu a criança se aninhando contra ele; ela tremia ligeiramente. Dessa vez ele não a rechaçou. Virou de lado e passou o braço em volta dela. Ouviu a respiração dela, que foi ficando lenta e regular. Ela dormia, às vezes emitindo pequenos ruídos com a boca, grunhidos úmidos de felino. Mathias puxou o cobertor para as costas de Renée.

7

Mathias passara vários dias entre a vida e a morte, deitado na tenda de Chihchuchimâsh. De tempos em tempos, saía do coma e percebia uma mulher entrar e sair, outra que cuidava de seu ferimento, o rosto colado ao seu, a respiração roçando sua testa em ebulição; às vezes era Chihchuchimâsh, que velava por ele ao mesmo tempo em que bordava uma camisa. Cantava uma dessas canções monótonas, que em geral tinham o dom de irritar Mathias. Ele às vezes ouvia os índios entoarem a cantiga quando passava perto dos acampamentos de caça; seu cão, Crac, punha-se a uivar como um lobo, e aquela música estranha parecia mergulhá-lo em uma intensa melancolia. Já os cães dos indígenas não uivavam. Mas pensavam nisso, talvez. Mathias não podia deixar de interpretar esse canto como um lamento interminável. E talvez fosse um... Aqueles peles-vermelhas sem dúvida tinham por que vociferar contra o Grande Manitu: viviam como na pré-história. Mathias não conhecia nada daquela gente, de suas crenças. E não queria conhecer. Exceto, naturalmente, algumas dicas de caçador, que eles passavam boca a boca. Porque caçar aqueles índios sabiam. Isso sim eles dominavam.

Estendido ali, sobre sua pele de urso, sem forças e quase sem consciência, Mathias deixava a voz da velha índia agir sobre ele, embalá-lo. As longas frases monocórdias entremeadas por todo tipo de soluço lhe permitiam agarrar-se sem sofrer muito ao fio esticado que ainda o ligava à vida. E Crac, deitado noite e dia ao lado de seu dono, estava determinado a não exprimir sua melancolia uivando para a morte. Quando o cão percebeu que Mathias estava fora de perigo, permitiu-se sair da tenda para ir tomar um pouco de ar. E, no dia em que Mathias voltou a si e recobrou o uso da palavra, a primeira coisa que pediu foi seu cão. A velha coçou a barriga e lhe declarou com um ar sinistro que o animal tinha sido comido. Mathias acreditou e fez menção de esmagá-la quando Crac entrou na tenda todo lampeiro. Foi assim que Mathias conheceu Chihchuchimâsh e seu povo. Eles talvez ainda vivessem na pré-história, mas já tinham senso de humor.

Mathias passou um ano inteiro entre os índios Cri. Pela primeira vez na vida, sentia-se relativamente sereno. "Sereno" talvez não fosse a palavra, positiva demais para descrever o estado psicológico normal de Matias, mesmo nos períodos mais sombrios de sua vida. Digamos que ele se sentia completamente livre das impressões que o agitavam desde seus últimos anos na Alemanha, logo antes de resolver trocar Berlim pelo Quebec, pátria de origem de sua mãe. O homenzinho triste e frenético que se empenhava em enlouquecer toda uma nação deixava Mathias depressivo; seria mais correto dizer que Hitler não contribuía para libertar o jovem do caráter desencantado e "já tendo passado por tudo" que fundava sua personalidade, uma personalidade que se exprimia por comportamentos antissociais. Estes valeram a Mathias a cólera e depois a rejeição de seu pai, bem como algumas horas atrás das grades do posto policial da Alexanderplatz.

Com efeito, Mathias entregava-se a todo tipo de depravações oferecidas naquela Berlim anterior ao advento do nazismo. Mulherengo, bebedor, brigão, jogador, Mathias colecionava os vícios que o partido de Hitler propunha-se a erradicar naquela Alemanha pobre prestes a renascer das cinzas. No novo éden prometido pelos nacional-socialistas, não havia espaço para jovens como Mathias. Repetiram-lhe isso *ad nauseam*, e ele terminou por aceitar a afirmação. Uma manhã de janeiro, apesar do desespero da mãe, fugiu para o Grande Norte.

Mas tampouco se sentia "em seu lugar" entre os Cri. Nunca se vira como pertencente a qualquer um ou qualquer coisa que fosse, exceto talvez àquela floresta subártica que o recebera com a rudeza, a franqueza e a beleza que lhe convinham. Juntara-se a um pequeno grupo de caçadores e aprendera o ofício com uma facilidade que o desconcertou, depois se instalara sozinho com um cão. Ia levar suas peles ao posto de troca duas vezes por ano, e vivia com pouco, muito pouco, nas solidões frias de uma paisagem imutável desde o primórdio dos tempos, que o tranquilizava por essa imutabilidade, e a indiferença que aquela região parecia ter pela presença humana.

Mathias se enganava. Os índios que o abrigavam sabiam muito bem, por sua vez, que aquela terra podia se revelar muito hospitaleira e atenta aos homens, desde que se dessem o trabalho de conhecê-la intimamente e respeitá-la. Mathias não era desses. Como todos os brancos, caçava sem discernimento, sem grande compaixão pelo mundo animal, e mais genericamente por todas as "pessoas não humanas" que atravessavam seu caminho. Entre essas últimas, os Cri incluíam, além dos animais, o mundo vegetal, as rochas, os rios e os ventos. Cada um desses tipos de "pessoas" se revelava um interlocutor essencial no destino dos humanos. Mas estes não despertavam o interesse de Mathias. Só Crac se beneficiava do que poderíamos qualificar de empatia. Os moradores da aldeia cri não alimentavam esperanças de um dia ver Mathias mudar de atitude, menos ainda de opinião sobre o mundo e a caça em particular. Para eles, ele era semelhante a um Atuush, um dos monstros das florestas, canibais, destruidores, essencialmente associais. Só Chihchuchimâsh se obstinava em tentar educá-lo, e seus esforços não foram inteiramente vãos. A velha o adotara depois de seu resgate, quando era mais que provável que ia morrer. O filho único da índia se afogara enquanto pescava. Diziam que um dia o rio lhe devolveria alguma coisa. Foi um branco, tolo e mau. Chihchuchimâsh o aceitou.

    Mathias foi então iniciado na língua dos Cri, nas armadilhas e na caça, tal como eles praticavam, segundo uma concepção que fundava toda sua visão de mundo e seu sistema de crenças. Aprendeu finalmente a viver em relativa paz com seus semelhantes. Sem ter consciência plena disso. Quando Chihchuchimâsh lhe dizia que ele estava se libertando da pele de Atuush, Mathias ria. Havia sempre e sempre haveria um monstro dentro dele. E todos os índios do mundo nada podiam quanto a isso. Aliás, ele terminara por deixá-los para retornar à solidão de sua cabana de caçador. E depois, em 1939, voltara à Alemanha, para participar do banquete daquele outro monstro devorador de homens...

*

Renée sussurrava dormindo, aconchegada em Mathias, o rosto encaixado em sua axila. O dia raiava e as explosões ao longe recomeçaram. O pequeno Jean foi tomado por um violento acesso de tosse. Mathias ouviu a voz do soldado de guarda no pátio; estava acompanhado por dois outros homens falando inglês. Alguns segundos mais tarde, estavam no porão. Alguns civis acordaram, resmungando; Renée voltou o rosto amassado, olhos inchados de cansaço, para Mathias. Aquela menina tinha resistência, mas algumas horas de sono a mais não lhe teriam feito mal algum. Os recém-chegados puseram-se em posição de sentido para Pike. O maior deles, que devia ter quase dois metros, era obrigado a curvar o pescoço para que sua cabeça não batesse no teto. Tratava-se do major Robert Treets, da 28ª Divisão de Infantaria, e do soldado raso Giorgio Macbeth, também da 28ª. Não lhes fizeram nenhuma pergunta "armadilha", e Dan ficou preocupado com isso. Pike lhe perguntou se ele ouvira os "nomes inverossímeis" dos dois novatos.

— Se eles fossem Fritz, teriam adotado nomes menos ridículos, não acha?

— A menos que os Fritz tivessem senso de humor — atalhou Mathias.

A observação provocou a hilaridade geral, contagiando inclusive os mencionados Treets e Macbeth. Os bravos rapazes escaparam por um triz do cerco de uma aldeia pelo inimigo e caminharam até avistarem a fazenda. Corria o rumor de que os alemães não faziam prisioneiros.

A chegada deles não parecia agradar a Jules Paquet, que divagava. Estava próximo de Mathias e tentava compreender o que acontecia exatamente do lado de fora. Hubert, o guarda rural, estava ao lado de Jules e concordava com o chefe, fazendo gestos bruscos.

— Eles estão todos ao redor, foi isso que ele disse?! — Jules perguntou a Mathias, que respondeu com um meneio afirmativo de cabeça. — Se os acharem aqui, matam todo mundo. Eles precisam ir embora. Vou dizer isso a eles!

Jules não dissera "vocês" ao falar dos americanos; omitira, conscientemente ou não, Mathias. Era porque alimentava alguma vaguíssima suspeita, ou a intuição embrionária de uma *alteridade* em Mathias, sem que a natureza de tal alteridade fosse sequer vislumbrada? Paquet era muito inteligente, e isso não seria nada extraordinário. Mathias o observava. A raiva ia tomando conta do fazendeiro; vociferava agora em duo com Hubert, o guarda rural, que fazia o papel de papagaio, repetindo cada palavra de Jules, compenetrado. Hubert era um puxa-saco e um hipócrita. Mathias ficou convencido disso pelo olhar que o guarda lhe dirigiu enquanto escutava Jules; um olhar embaraçado, olhar de farsante.

Jules queria escorraçar todo mundo...

— É o *meu* porão! — gritava feito louco.

Os americanos começavam a olhar atravessado para ele. Foram ficando nervosos. Mathias chamou Jules à parte e lhe explicou que o tenente não era do tipo que era posto na rua, que ele precisava se acalmar, pois os soldados iam acabar lhe dando um chute na bunda e impondo uma vida impossível aos civis. Pike já se aproximava de Jules e Mathias, desconfiado.

— O que ele está falando? — perguntou a Mathias.

— Ele não se sente em segurança, tenente, diz que vai ser necessário programar mais vistorias. Com homens mais discretos.

— Foi isso que ele falou? — insistiu Pike, ainda não inteiramente convencido.

— E, se quiser minha opinião, ele não está errado...

Pike considera Mathias e Jules, que voltou a exibir um semblante mais afável. O tenente assente, refletindo sobre o que Mathias acaba de lhe dizer, depois vai ao fundo do porão e dá instruções a Max e Dan. Mathias percebe que Renée se esgueirou ao lado dele. Como todas as vezes que há uma tensão, um perigo no ar. Ela pega sua mão e olha para Jules. Tem realmente alguma coisa de especial essa pequena, um sei-lá-o-quê que reconforta e inquieta, um pouco como Ginette... Sim, Ginette quando era jovem e Jules não passava de um garoto de calças curtas.

Ela era uma "espécie à parte", como se dizia na região. Uma jovem bonita com olhos estranhos, arisca, solitária. Uma filha de ciganos. Porque ninguém sabia quem era o pai de Ginette; sua mãe a criou sozinha e morreu com seu segredo. Corria o boato de que o genitor era um cigano, e isso era muito cômodo para explicar os dons de curandeira e vidente que Ginette possuía. Ela era então um pouco *macralle*,* mas só trabalhava para o bem de seus semelhantes, temia a Deus e se confessava.

Até o dia em que visitara um garotinho que sofria de tuberculose; dispensou-lhe cuidados em troca de cama e comida, como era praxe com os refugos errantes. Mas, no dia seguinte à passagem de Ginette, o menino morreu e, vai saber o porquê, os pais a consideraram responsável, quando sabiam muito bem que a sorte do filho estava selada; sabiam o que era a tuberculose e Ginette fora muita clara no que se referia às chances do doente.

---

* "Feiticeira" em flamengo.

Mas decidiram que ela o havia "macrallado". O rumor se espalhou por toda a região, e Ginette foi se instalar num barraco na beira da floresta; viveu do pouco que lhe era necessário, uma caça de vez em quando, duas ou três galinhas, alguns legumes que ela plantava, e o que as raras pessoas que ainda iam consultá-la se dispusessem a lhe dar para ir levando.

Jules Paquet sempre se certificou de que não lhe faltasse nada, mas Ginette era orgulhosa demais para aceitar o que quer que fosse, exceto quando Jules lhe pedia que cuidasse de seus animais. Quando a ofensiva contra as Ardenas começara, o fazendeiro quase fora obrigado a levá-la à força para que se refugiasse na fazenda. A velha curandeira não tinha certeza se era naqueles porões recheados de americanos que ela prolongaria sua longa vida em alguns anos. Teria ficado mais tranquila em seu barraco, com suas duas velhas galinhas. Entretanto, a chegada da menininha e do soldado "canadense" a intrigava muito. Sentia especial simpatia pela criança, e quase a mesma coisa por seu protetor, mas por razões bem distintas.

Jules escapou do olhar de Renée para topar com o de Ginette: ela devia estar observando-o havia vários minutos. Velha danada! Jules e Ginette não precisavam se falar para se compreender: se Jules ficasse junto dos soldados, a situação corria o risco de sair de controle. A última vez que botara a boca no trombone, a coisa terminara em pancadaria com dois boches, e faltou pouco para que a fazenda fosse incendiada... Jules então colocou a mão no ombro de Hubert e o arrastou para o outro porão. Afinal de contas, aqueles ianques sem dúvida não iam criar raiz na casa dele; não foi por isso que deixaram seus lares. Estavam ali para libertá-los. Doavam sua juventude e sua saúde para que aqueles boches imundos voltassem para casa com o rabo entre as pernas. Tinha de pensar nisso! Ainda que os americanos ostentassem modos grosseiros e Jules tivesse uma vontade louca de arredondar um pouco o maxilar de Tarzan, era algo a se pensar.

Entre os soldados, discutia-se acaloradamente em torno de Treets e Macbeth. Treets pegou o *London Times* no bolso. Era o de quarta-feira, 20 de dezembro. Eles estavam na primeira página. Treets leu em voz alta:

— "Ofensiva alemã nas Ardenas..."

— Nas Ardenas? — perguntou um soldado raso que ainda deveria estar sentado num banco escolar.

Em vez disso, tinha os glúteos pousados no meio daquelas malditas Ardenas, como lhe explicaram, naquele cu do mundo, cuja posição no mapa agora ele saberia para sempre, se tivesse a chance de viver para se lembrar disso.

Treets continuou sua leitura:

— "Próximo a Saint-Vith, duros combates opuseram a tristemente célebre divisão SS Adolf Hitler a um corpo de blindados americanos. Os soldados aliados que se renderam, inclusive os feridos, teriam sido executados pelos SS de metralhadora."

Silêncio. Os soldados evitam se olhar nos olhos. Alguns acendem cigarros. Mathias os observa, todos aqueles pobres-coitados se borrando de medo subitamente. O medo, o grande medo. Os nazistas foram os mestres incontestáveis do pavor; seu senso da encenação sem dúvida não tem igual na história, embora Mathias não seja um ás em história. Era a cara de Peiper matar os prisioneiros. Mathias o imaginava naquelas horas sombrias, esperando conjurar o destino com sacrifícios, executando perfeitamente seu papel em *Crepúsculo dos deuses*.

— E vocês, cruzaram com infiltrados? — perguntou Macbeth.

Todos balançaram a cabeça para dizer que não. Mathias sentiu uma leve sensação de alívio. Não estava completamente livre daquela embriaguez que fora seu combustível durante anos. Renée se aconchegou mais a ele.

— E vocês? — emendou Pike.

— Não — respondeu Treets —, mas sei que eles encurralaram três por causa de uma coisa bem idiota. O boche não sabia quem era Joe DiMaggio. No dia seguinte, os três foram fuzilados.

Cada qual fez seu comentário, e era bem-feito para suas imundas caras de rato! Afinal de contas, como eles pensavam se safar? Porcarias de Krautz! *Fucking Fritz*! Quando esgotaram os palavrões e a energia para arrotá-los, o silêncio voltou a reinar.

— E vocês sabem o que eles disseram quando lhes perguntaram suas últimas vontades?

Mathias teria marcado um ponto com sua resposta se pudesse sugeri-la: "Vida longa ao nosso *Führer* Adolf Hitler!", que Treets trombeteou fazendo a saudação nazista. Mas isso não fez ninguém rir. Só Mathias estava com o humor gaiato. Ele se perguntava se, em tal circunstância, não teria também zurrado aquele estúpido bordão. Outro antigo reflexo. Ou simplesmente para rir pela última vez.

Lembrou-se do dia em que prestara juramento à SS, por ocasião do seu ingresso nos Friedenthal. Skorzeny o assediara durante meses. E Mathias terminara cedendo. Parando de cultivar a ilusão de ser menos sujo porque não portava a dupla insígnia. Mas tudo isso era indiferente. Renée lhe dirigiu um olhar fugaz. Pike acabava de fazer uma pergunta a Mathias que ele não ouvira. Era uma advertência.

— E então, canadense, o que pensa disso? — perguntou Pike pela segunda vez.

— Que é de fato uma atitude de alemães — respondeu Mathias.

— Sim, é inteiramente contrário às leis da guerra — afirmou Pike, alterado.

Se ele soubesse, o cândido tenente Pike, a que ponto infringimos a própria noção de respeito às leis da guerra! Faz muito tempo que passamos de um limite irreversível. Espere um pouco para chegar a Auschwitz ou a Sobibor...

Mathias explicou a Pike que não era isso que ele tinha em mente, as leis da guerra. O que ele queria dizer na realidade era que, para os nazistas, só contavam os resultados, todos os meios sendo válidos para alcançá-los. Pike pareceu meditar sobre a resposta de Mathias. E Mathias estava satisfeito: pelo menos uma vez não mentira. Treets voltou a percorrer as colunas do *Times*. Seus olhos se arregalaram subitamente e seu maxilar pareceu soltar.

— Merda, caras! — deixou escapar. — Glenn Miller morreu.

— Vamos, Treets, agora chega — respondeu Macbeth, que julgou aquilo uma piada.

— Não, juro. O avião dele caiu entre Londres e Paris.

Os soldados se entreolharam, incrédulos. Quando assimilaram a informação, suspiros saíram dos peitos oprimidos. Alguns fizeram o sinal da cruz. Dan tinha inclusive uma lágrima no olho. Não era nada mal, Glenn Miller... Espontâneo, bem *branco*, limpo. Era realmente o que faziam de melhor, mas aquelas crianças grandes pareciam venerá-lo como um deus do swing. Mathias regozijou-se por não ser Count Basie ou Billie Holiday que batera as botas. Mas não havia nenhum risco de esses dois sobrevoarem o canal da Mancha para virem elevar o moral das tropas.

Jack, o jovem soldado que não era muito forte em geografia, entoou "In the Mood" e todos se juntaram a ele, estalando os dedos:

— *Who's the loving daddy with the beautiful eyes, what a pair o'shoes I'd like to try'em for size, I'll just tell him "Baby, won't you swing it with me?"*

Até Mathias cantarolava, e achava aquilo bastante agradável, muito mais agradável que da última vez que tivera que dar mostras de seus talentos vocais, em "Le chant des partisans". Por sorte lembrava-se da letra de "In the Mood", todos ali a conheciam e, canadense ou não, não teria pegado bem tropeçar numa estrofe. Dan se esgoelava, sorrindo para Mathias. Sorria, mas, como dizia Chihchuchimâsh, "seus olhos diziam coisa diferente de sua boca".

— *In the mood, that's what he told me. In the mood...*

8

Jules estava jogando baralho com três soldados. O fazendeiro se esforçava para conservar um tom de voz discreto e sua mulher o intimou a se comportar. Sidonie estava numa conversa profunda com Macbeth, que lhe mostrava retratos de sua família, o que fazia a mulher dar gritinhos de êxtase, acompanhados dos habituais: "Que rãzinha bonita, que gatinho bonito!" A velha Marcelle resmungava consigo mesma, fazendo oscilar de trás para a frente seu corpo agasalhado. Berthe pousou carinhosamente a mão em seu ombro.

— Tudo bem, Bobone? — perguntou.

— Não, nem num pouco. Nem um pouco, com o estômago vazio.

— Precisa esperar anoitecer para a sopa e o pão de aveia — respondeu Berthe com firmeza.

— Meu caldeirão de sopa e meu pão não são para os paspalhões! — rugiu a velha, visivelmente fora de si. — Estou com tanta fome que *j'magnru on vî ome*!

Ela falara tão alto que todo mundo parou o que estava fazendo e olhou em sua direção. Renée, que brincava de um jogo de mãos com Louise, cantando "Guillaume me me, le méchant homme me me..." ficou imóvel por um instante, com as mãos no ar, depois caiu na risada, logo seguida por Louise. Jules foi o primeiro a imitá-las, batendo nas coxas e nos ombros de seus parceiros, perplexos. Mathias observava os civis se divertindo. Ele também não entendia nada. Começava a captar um pouco o flamengo, mas a idosa falara rápido demais para que pudesse adivinhar o sentido de suas palavras. A alegria de Renée era intensa, Mathias estava desconcertado. Eis um lado da criança que lhe era totalmente estranho. Isso também era a vida, a extraordinária força que habitava Renée, sempre, em todas as circunstâncias.

— Senhor, essa foi boa, Bobone! — declarou Jules, não se aguentando e dando outro tapa amistoso no joelho do soldado sentado à sua direita.

Renée traduziu para Mathias o que Marcelle dissera: "Comerei um velho". A imagem era deliciosamente absurda, engraçada, excêntrica, como as pessoas daqui, pensou Mathias.

No fundo, o que fazia com que os nazistas não se tornassem os senhores do mundo era sua total falta de senso de humor. E, correlatamente, sua inaptidão à autoironia. O povo judeu podia decerto ter sido agraciado com todos os defeitos possíveis e imagináveis, mas tinha uma superioridade incontestável sobre a raça germânica, independentemente do que pensasse o *Führer*. No âmago da tormenta que os engolia, nas situações mais infernais, os judeus continuavam a praticar seu humor ácido; Mathias ouvira piadas circulando nos guetos do leste e até mesmo nos campos de concentração. Piadas pondo em cena o extermínio com uma ironia que dava calafrios na espinha.

Se Mathias não apreciava os judeus, tampouco tinha alguma coisa contra eles. Conhecia-os muito pouco e, tendo por hábito só confiar no que ele mesmo experimentara, simplesmente não formara uma opinião precisa a respeito deles. E, de toda maneira, o destino dos judeus não era assunto seu. Em todo caso, o que era certo é que Hitler não teria tempo de erradicá-los da superfície da Terra, dentro de cinquenta anos ainda haveria judeus saracoteando por toda parte para oferecer ao mundo uma boa dose de humor. Em contrapartida, sem dúvida não seria na Alemanha que ririam mais, uma vez que lá, pelo menos, o Bigodudo alcançara seu objetivo.

Renée e Louise voltaram ao jogo de mãos, em cima da cantiga de *Guillaume, le méchant homme*, que comeu três milhões de homens, e de sua mulher, a imperatriz, que é a rainha das salsichas. Aquele Guillaume só podia ser o imperador da Prússia da Primeira Guerra, o mesmo que fuma seu cachimbo montado num porco numa outra canção do mesmo gênero. Eis claramente o tipo de coisa que os nazistas não teriam achado engraçado.

A voz arranhada da velha Marcelle ainda ressoou no porão: ela precisava "ir". Diante das novas risadas, Mathias concluiu que era do banheiro que ela falava. Berthe e Jules ajudaram-na a subir a escada. Depois Jeanne foi sentar-se ao lado de Mathias. A jovem parecia cansada, nervosa, irascível. Não era feita para aquela vida subterrânea. Seu corpo bem-feito e cheio de energia fora concebido para atividades ao ar livre. Passou uma das mãos nos cabelos para tentar discipliná-los, em vão. Mechas caíam um pouco por toda a sua testa, suas têmporas, ao longo das faces e do pescoço.

— Ah, os velhos... — ela disse. — Ainda tem avós?
— Minha avó materna. No Quebec.

— Ainda a vê?

Mathias não estava muito à vontade. Jeanne o fitava com um misto de curiosidade e desejo mal disfarçado. Sua saia revelava os joelhos e parte de suas coxas. Emanava dela um cheiro bom de feno, de manteiga fresca, de estábulo, um cheiro bom de fazenda. E por trás disso, uma coisa só dela, um misto de transpiração, sexo, pele.

Não, não via mais sua avó. Não via mais ninguém de sua família, aliás, nem seu velho pai idiota, nem sua mãe, nem mesmo sua irmã, Gerda, que se casara com um oficial da divisão Totenkopf e criava seus três filhos numa dessas casas próximas a um ou outro campo de extermínio, ele esquecera qual.

— O que você faz na vida? — perguntou Jeanne.

— Na vida?

— É, como profissão, ora.

Ele teve subitamente a vontade de lhe contar a verdade. Na vida, eu mato pessoas, minto, me disfarço, na vida sou alemão. Voltou os olhos frios para ela. Em geral aquele olhar deixava todo mundo um pouco nervoso, mas não Jeanne; sua boca se entreabriu num sorriso que era como que um desafio e um convite. Um pouco de saliva espumava nos seus dentes. Ela se dava conta do que exprimia? Em que ponto estavam?

— Como profissão... sou caçador de peles.

Jeanne fez uma cara que indicava que ela não sabia o que era. Mathias explicou. A vida na solidão, a floresta, a caça, as peles. Jeanne arregalava os olhos. Pousara o queixo na mão e os joelhos oscilavam de um lado para o outro, como os de uma menininha. Despojara-se bruscamente de seus modos impertinentes. Entregava-se por inteiro ao que ele contava, maravilhada, interessada. E o desestabilizava.

O irmão de Jeanne, Albert, juntara-se a eles. Escutava-os enquanto brincava com um bilboquê.

— E há índios no seu país? — ele perguntou.

— Sim — respondeu Mathias.

— Eles são maus, hein?

— Não. Quer saber a verdade?

O garoto assentiu com ar desconfiado, depois voltou ao seu jogo, olhando Mathias de canto de olho.

— Os maus — disse Mathias — são os caubóis.

Os caubóis, está louco! Não interessa. Era um paspalhão aquele canadense. Tão diferente dos outros, dos verdadeiros americanos. Albert se perguntava o que sua irmã podia ver nele. Era alto e forte, até aí tudo bem. Mas tinha um ar... "um ar de dois ares", sei lá. Um dia Albert o ouvira falar dormindo. E não era francês nem americano o que ele resmungava. Albert comunicara suas observações ao pai e levara um tabefe. Logo, não valia a pena lhe contar o absurdo que acabava de ouvir, tipo os malvados são os caubóis. Mas ele guardaria isso em segredo; ou iria contar a um dos caubóis, precisamente. Àquele que seu pai chamava de Tarzan. Ele não parecia apreciar muito o canadense.

Louise foi para outro canto do porão; Renée a seguiu. Mas, quando Louise se sentou no colo de Marcelle, Renée não soube para onde ir. Então Ginette lhe acenou para chegar mais perto.

— Eu também tenho um colo velho para as menininhas — disse.

E Renée se instalou confortavelmente recostada na velha. Ginette a rodeou com seus braços e lhe cantou uma canção.

Seu soldado era então uma espécie de homem do mato, que caçava na grande floresta e vivia sozinho com seu cão. Isso lhe pareceu bastante natural, como se ela sempre soubesse. Mas não fora para ela que ele contara. Fora para Jeanne. Pela primeira vez na vida Renée sentiu ciúme. Contudo, não era possessiva por natureza. A distância que colocava entre ela e o mundo e a vida incerta que levava não combinavam com o desejo de exclusividade absoluta, não raro acompanhado de uma desconfiança profunda a respeito dos sentimentos do outro e de baixa autoestima, dois traços de caráter que não pertenciam a Renée. As manifestações de ciúme que ela observara nos outros a deixavam perplexa. Tirava proveito das coisas boas que alguns de seus semelhantes estavam prontos a lhe dar e aprendera que isso variava muito em razão das circunstâncias e do humor do momento. Isso também podia acabar de um dia para o outro, se ela tivesse de trocar um lugar de vida por outro. Renée se protegia muito eficazmente da arbitrariedade da existência e da inconstância dos homens, vivendo intensamente o momento presente, como se fosse o último. Nessa maneira de ser no mundo, não havia lugar para um sentimento tão inútil e parasita como o ciúme. Mas eis que ele abrira caminho até o seu coração, o que a mergulhava num sofrimento inédito que ela não conseguia aplacar. Renée não duvidava dos sentimentos de Mathias a seu respeito, simplesmente não queria partilhá-los, mesmo com uma moça que despertava nele uma forma completamente diferente de sedução. E que talvez tivesse o poder de desviar o alemão dela mesma.

O menino de Françoise tossia, arrebentando os pulmões. Era tão violento que ele chorava entre os acessos. No porão, reinava o silêncio. Todos os olhares estavam voltados para o pequeno. Berthe, sentada ao lado de Françoise, diz-lhe alguma coisa ao ouvido, olhando para Ginette.

— Nem pensar! — exclama Françoise. — Não quero saber de seus truques de *macralle*.

Berthe dirige um sorriso desolado para Ginette, que entendeu perfeitamente. Jules se levanta e se aproxima de Françoise, carrancudo.

— Quer que seu filho morra, é isso?

— Quero um médico!

— Não banque a idiota, Françoise, a aveia é cara demais! Você tem sorte por Ginette estar aqui. Ela pode fazer alguma coisa por ele. Precisa deixar. De toda forma, não pode piorar!

— Afinal ela curou o ferimento do soldado — tentou tio Arthur.

— E com quê? Com mel — acrescentou Sidonie.

Mas nada adiantou. Françoise permaneceu inflexível. Embalava seu filho com uma energia que beirava a histeria. O menino tentava respirar, mas só conseguia com grande dificuldade, impedido pelas placas que obstruíam seus brônquios. Uma espécie de ronronar sacudia sua caixa torácica. Renée se voltou para ver o rosto de Ginette; ela olhava na direção de Françoise, mas seus olhos pareciam atravessá-la e ver além dela, de tudo que povoava o porão. Renée voltou à sua posição confortável recostada na velha.

— O pequeno Jean vai morrer? — perguntou Renée.

— Ainda não — respondeu a curandeira.

Renée percebeu que Mathias estava sozinho e foi se juntar a ele. Sentou-se ao seu lado, em silêncio. A pequena parecia cansada. Pingava de sono, apoiada nele. Ele a rodeou com o braço, e ela se deixou deslizar. Dormiu com a cabeça sobre seus joelhos. Mathias pousou uma mão hesitante em seus cabelos; eram suaves, grossos e brilhantes, agradáveis ao tato, e cheiravam bem. Entregou-se ao prazer de enfiar seus dedos nos cachos, sentir as mechas sedosas lhe escaparem e logo voltarem a correr ao longo de seus dedos. Subitamente, Mathias soltou os cachos de Renée como se queimassem e se desvencilhou do corpo da criança. Fugiu do porão e foi liberar o soldado de plantão, que ficou todo feliz de deixar seu posto mais cedo que o programado. Achou Mathias um pouco agitado, mas não quis se envolver.

Mathias não compreendera absolutamente nada, o que provocara aquela reação violenta enquanto acariciava os cabelos de Renée. Sentia agora uma terrível dor de cabeça; seus olhos embaçavam de dor, suas têmporas pareciam prestes a explodir. Alguma coisa emergia penosamente de sua memória: uma imagem. Entre tantas outras. Cabelos, cabelos de mulher, de adolescente, talvez até mesmo de criança, impossível dizer. Uma cachoeira de cabelos pretos, cacheados, brilhantes, amontoados sobre outros tosões, inumeráveis tosões de mulheres.

E bruscamente se lembrou. Fora ao campo de Sachsenhausen com Skorzeny, como acontecia de vez em quando, para testar munições. O campo ficava a poucos quilômetros do castelo de Friedenthal, e isso era bem prático. Dessa vez, iam fazer testes com vários modelos de pistolas silenciosas. Num cômodo concebido para esse fim, introduzia-se um prisioneiro a quem faziam acreditar que ia ser medido. O sujeito em geral não ficava convencido, mas terminava não tendo muita escolha e se posicionava de costas para uma régua na parede. E ali, havia um buraco, bem na altura da nuca. Bastava esgueirar o cano do **revólver** dentro e *pam!* o sujeito era liquidado. Skorzeny gostava de poder experimentar suas armas e munições em alvos vivos, era evidentemente mais confiável. Os primeiros testes não deram muito resultado porque, apesar das ordens do Cara Cortada, os imbecis dos guardas acionaram o gramofone, que normalmente servia para cobrir o barulho dos disparos. Mataram então quatro detentos sob os acordes estrondosos da sinfonia *Heroica*, de Beethoven. Os tiros eram seguidos pelos berros de Skorzeny: "*Schritt der Musik, Dummköpfe!*" Os guardas terminaram por obedecer, obtendo resultados muito melhores com os prisioneiros seguintes. Chegaram a um consenso: a pistola de fabricação inglesa, um calibre 7,65 de um tiro, se revelava mais discreta.

Na saída, foram convidados a tomar um trago com o comandante. E foi atravessando o campo de volta que puderam ver um enorme monte de cabelos descarregado de um caminhão e jazendo bem no meio de um pátio. Sachsenhausen era o local para onde convergiam todas as mercadorias retiradas dos deportados nos outros campos do Reich. Mathias mesmo assim ficou admirado de ver cabelos. O que poderiam fazer com aquele material? Uma torrente cacheada e escura, erguida por uma rajada de vento, arrepiara-se em cima do monte e se deslocara com a agilidade de um esquilo. Lembrava uma matéria ainda viva, pulsante, ágil, absorvendo perfeitamente a luz. Mathias continuara hipnotizado pelo monte de cabelo durante dois ou três segundos. Começou a chover torrencialmente e ele logo se assemelhou a um tufo de algas grudentas. Mathias deixou o campo e nunca mais pensou no assunto. Até aquela noite.

Os cabelos de Renée poderiam estar num monte como aquele que Mathias vira. Não quaisquer cabelos, não qualquer garota. Não. Os de Renée, no meio dos cabelos de qualquer uma. Mas qualquer uma que também podia ser Renée.... Era vertiginoso, quase inconcebível. Contudo, uma vez aprendida e assimilada pela consciência, aquela evidência se tornava insuportável.

Mathias pressentiu que era isso, ou algo parecido, que tragava determinados soldados e os enlouquecia. Os dos *Einsatzgruppen*,* que subitamente perdiam o controle após despacharem centenas de mulheres e crianças que se amontoavam nos fossos; os pilotos de caça que nunca dormiam, assombrados por corpos de civis jazendo no próprio sangue após cada um de seus ataques assassinos. Esses indivíduos eram muito raros, mas sem dúvida também foram um dia arrebatados por uma imagem, o fulgor de uma visão. As convicções ideológicas, o ódio racial, o senso de obediência aprendidos a golpes de rebenque e chutes na bunda, a paixão demencial pelo *Führer* e a fé na vitória, tudo isso desmoronava de repente por causa de um detalhe, completamente banal, quase imperceptível, mas que, uma vez hospedado num espaço obscuro da memória, ressurge um dia e explode na sua garganta feito uma bomba.

Mathias ainda não estava pronto para enlouquecer. Não era feito para isso. Acabava de levar uma bordoada, mas se recobraria. Não fora criado no frenesi do nacional-socialismo e, no entanto, aceitara tacitamente todos os absurdos para fazer seu trabalho de soldado. Tinha "um pé dentro e um pé fora", dizia Skorzeny, e essa espécie de liberdade lhe dava uma distância, uma visão das coisas que ele só partilhava com raríssimas pessoas, essencialmente membros dos comandos brandemburgueses, nos quais servira de 1939 a 1943. Mathias pertencia à companhia dos anglo-francófonos, mas a maioria desses soldados de elite era formada por eslavos ou *Volksdeutschen*,** pois,

---

* Grupos de intervenção móveis encarregados do assassinato de pessoas consideradas inimigas políticas ou raciais do regime nazista, em especial os judeus.
** Termo que designa as populações que vivem nas fronteiras da Alemanha, mas se definem étnica e culturalmente como alemãs.

como infiltrados no leste, deviam falar a língua do inimigo e conhecer seus hábitos e costumes. Esses sujeitos, esses "heróis", reverenciados pelo exército regular e invejados por Himmler, eram na realidade considerados os representantes de uma sub-raça. Trabalhavam, contudo, para o Reich, para a expansão do *Lebensraum*,* que, uma vez conquistado, não lhes reservava nada de bom. Era um dos múltiplos paradoxos da ideologia nazista, enfim, desse caos incoerente, pseudocientífico e supersticioso que fundava o nazismo.

Algumas vezes acontecera a Mathias de participar em missões no leste. Apesar de seu parco conhecimento das línguas e culturas dessa região, seus dotes físicos e intelectuais eram bem-vindos. Uma noite, durante a Operação Rösselsprung, visando ao assassinato de Tito e liderada por Skorzeny, um colega iugoslavo, membro como Mathias dos Friedenthal, lhe dissera:

— Você se dá conta de que nós, eslavos, nos acabamos para fornecer um "espaço vital" aos alemães, ao passo que Hitler só tem uma ideia na cabeça, que é nos matar, assim como a todos os que não são arianos puros... Na realidade, não somos muito diferentes dos judeus, que cavam o próprio túmulo antes de serem liquidados. Tem que ser muito idiota para fazer o que fazemos, não acha?

— Não — respondera Mathias —, basta ser cínico.

Mathias considerava a loucura assassina um dos mais sinceros e constantes impulsos da natureza humana. Na Iugoslávia precisamente, nesse Estado croata recém-independente, liderado por um louco furioso que não deixava nada a dever

---

* Espaço vital, conquistado principalmente nos territórios do leste da Europa, destinado a garantir a sobrevivência do povo alemão e sua educação na pureza racial.

ao "bigodudo de camisa marrom", massacravam-se em massa sérvios, muçulmanos, além dos habituais judeus e ciganos do país. A maneira diferia um pouco da dos teutões, no sentido de que eles não ligavam para a limpeza ou a discrição, mas, em contrapartida, privilegiavam a economia: milhares de pessoas eram degoladas na base da faca. Mathias se perguntara como era possível trucidar tanta gente com método tão pouco prático. A reposta lhe foi dada quando observou a arma utilizada pelos carrascos: uma lâmina recurvada fixada em um estojo preso no pulso, como um bracelete de força. Muito inteligente para evitar uma tendinite. Após o degolamento, os cadáveres eram lançados nos rios ou nas ravinas e as centenas de corpos flutuavam tranquilamente à deriva, ao sabor da corrente, ou apodreciam ao ar livre. Os alemães achavam que isso causava má impressão. Além do mais, arriscava contaminar a água de toda uma população eventualmente destinada a viver, pelo menos por um tempo. Essas contrariedades foram rapidamente remediadas com a construção dos campos de extermínio, brilhantemente administrados por pessoas da região.

Eis como os iugoslavos se matavam mutuamente, alegremente, poupando trabalho aos alemães. Com o tempo, toda a espécie balcânica devia ser em parte "liquidada" ou posta a serviço da economia do Reich. Após os eslavos, seria a vez dos mediterrâneos e dos negros.

Todos se perguntavam quando essa busca da pureza do sangue terminaria... Quando só restassem os supostos arianos puros, eles ainda fariam uma triagem: haveria aqueles que tinham o nariz muito comprido, pernas muito curtas, varizes, acne ou pelos na bunda.

Numa noite chuvosa de 1931, Mathias se deixara arrastar por um colega de bar à Sociedade Ariosófica de Berlim, para lá ouvir uma conferência sobre as teorias de um ex-monge, um certo Liebenfels. Já estavam os dois um pouco altos. Contudo, uma vez na sala de conferências, Mathias ficara subitamente lúcido: o sujeitinho no tablado contava com a maior seriedade do mundo que a raça ariana descendia de entidades divinas que se engendravam por eletricidade. Tudo se desenrolava perfeitamente e com o maior asseio, eletricamente, até que alguns sublimes arianos se deixaram seduzir por... macacos. Macacos sodomitas, esclarecia o conferencista, subindo o tom, o dedo erguido. Saídos de onde, ninguém sabia dizer. Apareceram, ponto-final, a fim de tentar os super-homens. "Difícil acreditar", sussurrara Mathias ao seu vizinho. "Nietzsche é que ficaria contente." Mas seu companheiro parecia beber deliciado as palavras do orador, dirigindo olhares assassinos para Mathias. O conferencista prosseguia. Essas copulações de super-homens e macacos sodomitas deram origem a raças humanas mais ou menos puras, tendo perdido seu poder original. Os judeus eram naturalmente muito bem classificados, à frente dessas linhagens degeneradas. Mathias levantara a mão para observar que a procriação era impossível pela sodomia. Mandaram-no calar a boca. A série de inépcias zurradas pelo homem mergulhara-o lentamente num sono profundo.

Após a liquidação das sub-raças, ruminava hoje Mathias, bastaria repetir esse gênero de delírios místico-racistas, entre outros, para voltar um olhar novo para os arianos puros e empreender uma última seleção. Terminariam por se perguntar quem tinha bisavós macacos sodomitas. E, um dia, não restaria mais ninguém. O ogro devoraria a si mesmo. Era isto, no fundo, o ideal nacional-socialista: a inexistência da humanidade, pura e simples. Eis uma verdadeira filosofia, de uma simplicidade e sabedoria estarrecedoras.

Do seu posto de guarda, a poucos metros do portão da fazenda Paquet, Mathias acendeu um quinto cigarro e pôs-se a andar de um lado para o outro para se aquecer. Por trás das volutas de fumaça que subiam diante do seu rosto, ele distinguiu algum vulto se mexendo no caminho. Três pessoas. Não, quatro: dois adultos e duas crianças. Nenhum soldado. Ele deixou que se aproximassem. Um rapazote saltitante veio ao seu encontro, fazendo sinais com a mão. O rapaz era seguido por um homem visivelmente esgotado, ladeado por duas crianças que seguravam sua mão. Mathias acompanhou-os até o porão.

— *Gn'a co des djins*? — perguntou Marcelle do seu canto.

— Sim, Bobone — respondeu Berthe —, é o professor Werner, com Philibert. E Charles Landenne, filho do dono da mercearia, e Micheline Biron.

Os recém-chegados foram recebidos com café quente e cobertores. Werner contou que os alemães os obrigaram a deixar sua aldeia e a caminhar pelos campos durante horas, homens, mulheres, crianças, velhos, com a arma apontada pelos soldados. E, subitamente, os boches largaram todo mundo no meio de lugar nenhum. Werner e as crianças continuaram a avançar, sem saber direito para onde. O relato do professor era volta e meia interrompido pelo choro de Micheline, de oito anos. Apesar das palavras e gestos benevolentes das mulheres ao redor, apesar do calor e da comida escassa, a criança continuava inconsolável.

— Micheline perdeu a família num bombardeio... — explicou Werner.

Sidonie se interpôs:

— Não deve dizer isso na frente da pequena!

— Não há mais como esconder — retorquiu Werner. — A menina sabe. Ela estava na casa dos vizinhos, isso a salvou. Tivemos sorte de encontrar Philibert. Foi ele que nos guiou pelo morro, desde Gleize.

Todos felicitaram Philibert. Ele estava todo vermelho, não se sabia se por causa do frio ou dos elogios. O rapaz devia ter uns vinte anos, baixo, magro, enérgico. Todos pareciam gostar muito dele na fazenda, sobretudo as crianças, que chilreavam à sua volta feito pardais.

— Você é realmente o rei das florestas, rapaz, literalmente! — esbravejou Jules, pegando Philibert pelos ombros.

Nova salva de bravos e aplausos. Philibert também bate palmas, radiante.

— Eles seguiam o rio, assim, em linha reta. Poderiam segui-lo até Liège. Mas eu mostrei a eles!

Jules chama Philibert à parte.

— Faz muito tempo que não vemos você.

— É verdade, eu sei... Eu tinha um trabalho — confia misteriosamente Philibert.

— E sua balestra? Você a escondeu?

Philibert faz uma cara de inocente, como se não soubesse do que se trata.

— Se acertar numa corça, traga para mim, é só dizer o preço — lhe diz Jules ao ouvido.

Philibert aquiesce com a cabeça, lançando olhares circunspectos à direita e à esquerda. Em seguida, põe-se a andar para lá e para cá, contorcendo as mãos. Olha Jules fixamente. Vê-se que tem algo a falar. Por fim, aventura-se:

— Ei, Jules...

— O que é?

— Sua cabana... Fiquei lá alguns dias.

— Você pode, rapaz, sabe perfeitamente que não tem problema nenhum — responde Jules, paternal.

Mathias ouviu. A cabana podia ser aquela em que ele ficara com Renée. Não devia haver muitas casinholas do mesmo tipo nas imediações. Philibert talvez os tivesse visto... Jules percebe a presença de Mathias.

— Bébert, te apresento Mat. É um caubói também, mas não como os outros. Ele vem do Canadá e é um solitário.

— Bom dia, Mat-o-caubói-solitário-que-vem-do-Canadá.

Philibert proferiu seu chiste muito depressa e falando alto. Mathias fica desconcertado. Jules pisca para ele. Berthe chega com uma garrafa térmica de café para servir Philibert novamente. Ela o chama à parte. Jules se volta para Mathias.

— Philibert é órfão — explica. — Tem um parafuso a menos.

Mathias dá risada. A expressão é nova para ele, mas muito eloquente e engraçada, como sempre. O rapaz então é um simplório. Mas muito bravo, acrescenta Jules, o que Mathias interpreta como "corajoso". Sim, isso também, mas "bravo" para as pessoas daqui quer dizer "gentil", "solícito". Mathias observa Philibert, que fala com Berthe balançando frequentemente a cabeça com um sorriso um pouco crispado. O sujeito parece conhecer a região como a palma da mão, passa o tempo vagando nos campos sem se deixar ver, tem uma balestra e caça animais de porte, e é muito "bravo". Tudo que é necessário para fazer um aliado indispensável em caso de partida. Mathias tomou sua decisão. Eles vão partir para o norte, aproveitando a cobertura dos bosques. Até Namur, talvez mais para cima, tudo dependerá do avanço alemão. Uma vez lá, ainda haverá tempo para cogitar outra coisa se os seus camaradinhas teutões conseguirem milagrosamente alcançar seu objetivo atravessando o Mosa.

A voz de Micheline arranca Mathias de seus pensamentos.

— E o menino Jesus, quando é que vem me buscar?

As conversas cessam bruscamente.

— Ela repete isso sem parar desde ontem — explica Werner. — Disseram-lhe que suas irmãs estavam com o menino Jesus, então ela quer encontrá-las.

Werner se debruça sobre Micheline e a beija. A pequena insiste, numa longa ladainha. Renée está perto dela e lhe dá a mão. A violência da efusão de Micheline a tira do sério. Sente pena da criança, claro, ainda mais por estar muito bem colocada para compreender o que isso representa, ver-se sozinha, sem família. Contudo, o choro intempestivo da menina gera um profundo mal-estar em Renée; nas situações de perigo, a discrição é geralmente o único comportamento que garante a segurança. As crianças que choram, os adultos muito nervosos chamam atenção. E por que ela não para de chamar "o menino Jesus"? Jesus é tudo menos "menino" na imaginação de Renée, exceção feita no período do Natal, quando se comemora seu nascimento. Como bebê, ele não pode fazer muita coisa, sobretudo matar alguém. Afinal era isto que Micheline pedia, que "o menino Jesus" a fizesse morrer, para que ela reencontrasse sua família, igualmente morta. Tudo isso não fazia absolutamente nenhum sentido.

— Pare de chorar — ela termina por dizer a Micheline. — Chorar não adianta nada. Eles estão mortos.

Todos os rostos se voltam para Renée, subitamente fuzilada por olhares muito sérios. Até mesmo Jules tem uma expressão pouco afável. Françoise sussurra algo no ouvido de Sidonie; um rumor de desaprovação se ergue entre os civis. Só Micheline parece não ter sido afetada pelas palavras de Renée. Está ausente, prostrada, completamente blindada. Renée compreende muito bem o choque que provocou. Não é a primeira vez que isso lhe acontece, ser incompreendida por sua franqueza. Isso não a perturba. Mathias a observa. Ele também parece um pouco abalado, de qualquer maneira. Menina danada, realmente, que não cessa de surpreendê-lo, de fustigá-lo. Uma casca-grossa, caramba, mais grossa ainda do que ele imaginava. Uma espécie de orgulho se apodera dele. Adoraria fazer os outros engolirem a cara de bravo. Percebe que todos olham para ele agora, como se ele fosse responsável pelo que Renée acaba de dizer. Ele não é seu pai, afinal de contas. E ela não esperou conhecê-lo para se assemelhar a ele.

— Ela tem razão, a menina — diz subitamente Philibert, como tocado por uma iluminação. — Quem é você? — pergunta a Renée.

— Renée, e você?

— Eu sou Philibert, mas pode me chamar de Bébert.

— Quer jogar um jogo?

Pronto. Renée reagiu. Já é outra coisa, instantaneamente, agarrando no ar o que a vida lhe arremessa.

Mathias observa os civis, todos ainda tensos de medo, incredulidade, hostilidade. Mas Renée não está nem aí. Ela está em outra, com o garoto, que compreendeu tudo e não tem nada a criticar. Ambos vão "jogar um jogo". Ela é mais forte, mais forte que todos aqueles bravos belgas reunidos, mais forte que ele, mais forte que as hordas de SS que aterrorizam o mundo. Mais forte que todas as imagens de cabelos e de morte.

9

Mathias foi até a cozinha. Está ocupado amolando sua faca, aquela faca que ele ganhara dos índios e ceifara incontáveis vidas humanas desde então. A arma deve estar pronta para matar de novo. Pois Mathias está decidido a partir e levar Renée para um lugar onde ela não esteja mais em perigo. Dan aparece na porta. Observa Mathias, julgando não ser visto.

— Entre, Reynolds — diz Mathias, sem se voltar.

O outro esboça uma retirada, contrariado por ter sido descoberto. Aproxima-se de Mathias, que continua calmamente a deslizar a lâmina de sua arma na de um facão de cozinha. Diante dele, há uma bacia cheia d'água, um pincel e uma navalha. E essa agora! Estamos em plena guerra, entocados em um porão, e ele não encontra nada melhor para fazer do que se barbear. Dan observa a faca com cabo de chifre, no qual está gravada uma palavra que ele não é capaz de decifrar. Não é inglês. Dan não sabe o que são aquelas letras bizarras, com consoantes que se sucedem e muito poucas vogais. Uma língua impronunciável. Uma língua de selvagens. O filho do fazendeiro tentou lhe dizer alguma coisa logo antes da chegada dos quatro civis, mas Dan não entendeu. Tratava-se do canadense. Era com certeza interessante, visto como o menino falava com ar de conspirador. Maldita língua incompreensível aquele francês. Dan faz parte daqueles que se ofendem porque o mundo não fala inglês.

— Preparativos para cair fora? — Dan deixa escapar em um tom falsamente descontraído.

Mathias não responde. Pega o pincel, esfrega-o no sabão e besunta o rosto com espuma, diante de um espelhinho rachado e torto na parede. Em seguida, pega sua faca e começa a se barbear.

— Dá para matar um urso com isso! — diz Dan, apontando para a faca.

Ainda sem resposta. Ele permanece atrás do ombro de Mathias, observando suas faces e seu queixo progressivamente despojados de uma barba de vários dias. O rosto de Mathias surge para ele sob uma nova luz: mais incisivo, mais severo. E aqueles olhos claros que refletem a luz tão implacavelmente quanto o aço de sua lâmina! Dan recua um pouco, por reflexo. Mathias dirige-lhe um pequeno sorriso malicioso pelo espelho. Dan tem certeza de uma coisa: esse homem tem um segredo. E não sairá dessa fazenda sem o revelar para ele.

— Sabe, Treets mencionou uma informação interessante. Parece que esses porcos da SS se tatuam...

Dan espreita a reação de Mathias, mas o outro continua a deslizar a faca bárbara na face, deixando aparecer uma pele bem limpa, bem lisa. Dan é o único entre os soldados a suspeitar de que Mathias não é o que afirma ser. O instinto do americano, aguçado pelo ciúme, o guia nesse joguinho. E desde o início seu instinto lhe diz que Mathias poderia muito bem ser um desses Krautz infiltrados, como há uma batelada nos campos. Claro, resta saber o que o soldado fazia com uma judia na sua aba.

Mas era justamente esse contrassenso que embasava as suspeitas de Dan. Pensara tanto naquilo tudo que tivera enxaqueca. Não estava em seus hábitos usar os neurônios. Ah, eis que finalmente o "canadense" se dignava a ouvi-lo:

— Então você não sabia? O tipo sanguíneo, sob o braço esquerdo.

Ele estava ciente, e no detalhe. O tom espontâneo de sua resposta desarmara a teoria de Dan. Este fazia parte dos que mudam de opinião à toa. Não era possível encenar um teatro a tal ponto! Dan estava longe de saber que Mathias fora treinado naquele exercício de impostura e que se safara de situações mais delicadas que a presente. Dan relaxou um pouco. Apoiou-se em um móvel. Mathias enxaguou o rosto.

— Talvez fosse necessário divulgar esse dado. Isso nos evitaria perguntar a cada soldado que cruzamos quem é a mulher do Mickey Mouse — disse Dan, sem segundas intenções.

— Ora, numa temperatura de dez graus negativos, não seriam os stripteases nos *checkpoints* que nos fariam ganhar tempo.

O canadense não estava errado. Seu senso de humor às vezes compelia à simpatia, e não havia efetivamente nada de "Fritz" nisso, embora Dan não fosse muito entendido nesse domínio. Para ele, um alemão era um sujeito cruel com um capacete diferente do seu, que ladrava em vez de falar. Mathias pegou um pano de prato e enxugou o rosto. Passou água nos cabelos e os penteou para trás. Voltou-se e foi vestir seu casaco. Em seguida, pegou a faca e a enfiou na bainha do cinto. Tudo isso com gestos ágeis e sincronizados, gestos que talvez fossem mais de um iroquês que de um alemão, mas que, em definitivo, não agradavam a Dan.

*

Renée não estava no porão. Viram-na sair com Philibert; foram brincar no pátio, anunciaram, e ninguém interferira. Ela saíra, apesar da proibição de Mathias. Ele se irritou. Era a primeira vez que ela lhe desobedecia. Se estivessem brincando no pátio, teria ouvido da cozinha. Saiu e circulou pelas cercanias da fazenda, inspecionou os estábulos, a sala do forno, o celeiro: não estavam em lugar algum. Voltou ao estábulo, andou entre as vacas mais uma vez. E, quando chegou ao fundo do compartimento, notou uma portinhola, que não vira antes. A tramela resistia; investiu com o ombro. Um relincho ecoou. Ao fundo desse segundo estábulo, havia um cavalo de tração. E, junto ao cavalo, Renée e Philibert, ambos sorrindo. Mathias dividia-se entre o alívio e a raiva. Avançou na direção de Renée.

— Se não me engano, falamos em "não sair" — dispara.

Imediatamente seu olhar é atraído por Philibert, que não se deixa impressionar; continua a sorrir com tamanha candura e bondade que Mathias se acalma.

— É verdade, falamos... — responde Renée. — Mas veja!

Sua mãozinha aponta para o cavalo. Mathias olha finalmente. Ele é imenso, calmo, magnífico.

— O nome dele é Salomon — declara Philibert. — Jules esconde o animal. É seu tesouro. Não é, meu velho? Está triste desde que seu companheiro morreu.

— O cavalo, no pátio — acrescenta Renée.

Philibert concorda, acariciando a cabeça de Salomon. Renée tenta alcançá-lo, mas é muito baixinha. Então Mathias a pega nos braços. A criança coloca a mão no focinho do cavalo, nas narinas fumegantes. Abraça o animal, sussurra-lhe palavras na orelha, acaricia-o novamente. Renée parece perdida em um êxtase infinito. Seus olhos se enchem de lágrimas. Mathias e Philibert a observam em silêncio.

— Ele já foi montado? — pergunta Mathias.

— Jules costuma montá-lo, e Jeanne também. Mas eu não me atrevo.

— Eu me atrevo — acrescenta Renée.

Mathias volta um olhar inquisitivo para Philibert.

— Ele não lhe fará nada, pode colocá-la em cima.

Mathias monta Renée no imenso animal. A menina se debruça sobre o pescoço de Salomon, extasiada. Aquele cavalo talvez fosse uma dádiva que lhes permitiria alcançar o norte mais depressa. Claro, no caso de Jules ceder o animal, seria preciso a ajuda de Philibert. Mas o cavalo era uma solução que tentava muito Mathias. Ele era excelente cavaleiro; um membro de um comando de elite devia saber montar a cavalo, saltar de paraquedas e até mesmo pilotar um avião, se necessário. Mathias fez sinal para Renée de que era hora de se despedir do cavalo e voltar ao porão. A menina aceitou a contragosto.

Mathias fizera sua escolha: era Salomon que ele queria como companheiro de estrada. Mas havia um obstáculo: convencer Jules a ceder seu "tesouro".

De volta ao porão, ele notou que o fazendeiro conversava com a mulher. Mathias aproximou-se e pediu para falar com Jules em particular. Berthe levantou-se com cara de poucos amigos, ar desconfiado. Mathias expôs seu plano, sem rodeios. Jules permaneceu calado por alguns segundos, considerando Mathias.

— Meu filho insinuou umas coisas bizarras a seu respeito.

— Ah, é? — replicou Mathias, divertido.

— Coisas... Por exemplo, que teria ouvido você falar... em alemão.

— Falo muitas línguas, mas esta não — respondeu Mathias, descontraído.

— O menino está transtornado com essa guerra e com tudo que circula por aí. Os infiltrados e companhia. Acho que isso lhe subiu à cabeça...

Jules se aproximou, o rosto quase colado ao de Mathias.

— Bom, quanto ao cavalo... tudo bem, pode pegá-lo. Irá mais rápido.

— Obrigado — disse simplesmente Mathias.

Jules se levantou, fez menção de partir, mas se voltou.

— Escute... — disse, tão baixo que era quase um murmúrio.

— Sim?

— Salomon... Ele não responde pelo seu nome verdadeiro. Todo mundo o chama de Velho.

— Está bem. Não precisa se preocupar com ele.

Jules aquiesceu com a cabeça, taciturno, e se despediu de Mathias, que foi para o porão dos soldados, onde Pike e Max tentavam consertar o rádio. Alguns soldados eram da opinião de que era preciso deixar a fazenda; Pike discordava. Convinha primeiro entrar em contato com os Aliados e tomar pé acerca da situação. Mathias observava o aparelho enguiçado, manipulado por Max e o radiotelegrafista, um tal de Dwyer, que não parecia muito capaz. O alemão teria sido capaz de consertá-lo, pelo que pôde julgar à primeira vista; isso também fazia parte de seus dotes. Mas lhe teria sido útil? Se o rádio voltasse a funcionar, os americanos teriam chances de zarpar dali. Mas Mathias teria de acompanhá-los e abandonar Renée. Além disso, o contato restabelecido poderia atrair outros Aliados à fazenda e, por conseguinte, fazer Mathias correr mais risco ainda de ser descoberto. Mathias preferiu então não oferecer seus préstimos a Pike e saiu, lançando um olhar impotente e desolado para os três homens que se debatiam sem sucesso com o aparelho danificado. No porão dos civis, cruzou com Jeanne, corada e despenteada, como se acabasse de fazer um esforço. A jovem segurou-lhe familiarmente o braço. O cheiro forte que emanava de seu corpo deixou Mathias atordoado.

— Pode me ajudar com o leite? Há três jarras esperando no estábulo...

Ela acabava de ordenhar as vacas. Eis o que emanava dela, os aromas acres do leite morno recém-tirado do úbere misturados ao seu suor. Ela ajeitou uma mecha de cabelo e limpou o nariz na manga da camisa. Seu seio empinou sob o vestido; uma pequena auréola de suor apareceu sob a axila. Tremia de frio, mas transpirava como se fosse julho, usando simplesmente um fino vestido de lã. Mathias seguiu-a até o estábulo feito um robô, sem se importar com os olhares pousados neles, ela atravessando orgulhosamente o porão com um andar requebrado, fazendo ondular seu longo corpo escultural, arrastando Mathias atrás de si, como que hipnotizado.

Renée cruzou com o olhar de Dan, atormentado. Seu soldado não devia seguir Jeanne, mas como impedi-lo? Renée se perguntou o que ele ia fazer com a garota. Beijá-la na boca, sem dúvida. Viu isso numa revista na casa de Marcel; era a mãe do menino que gostava muito dessas publicações, repletas de fotos de atrizes e atores de cinema. Às vezes eram vistos abraçados, olhando-se como se fosse a última vez. E em uma ocasião ela vira dois se beijando nos lábios, fechando os olhos. Eram muito bonitos, com seus cabelos brilhantes e suas roupas exuberantes. A atriz tinha uma boca bem desenhada, a pele branca e longos cílios escuros. Jeanne também era bonita, Renée era obrigada a admitir, mesmo sem as roupas e a maquiagem. Sua boca era igualmente bem desenhada, e Mathias devia querê-la também. Os lábios de Mathias não eram para Renée. Ainda não. Quando crescesse, Renée se casaria com ele. E eles seriam astros de cinema, belos e deslumbrantes, com lábios perfeitos, unidos em um beijo perfeito.

Louise veio chamar Renée para brincar de médico. Como sempre, Renée era o médico e Louise a enfermeira. Decidiram que Micheline seria a doente; nada mais lógico, considerando o estado de prostração e fraqueza da menina. Mesmo assim, pediram sua opinião, mas Micheline limitou-se a olhá-las em silêncio. Renée pôs-se a auscultar Micheline, com uma lata de conserva presa a uma corda, imitando um estetoscópio.

— Respire fundo, madame! — exigiu Renée, com autoridade.

Mas a paciente não se mexeu; olhava para o vazio e se entregava sem reação. O professor Werner se aproximara das garotinhas e as observava. Renée prendia toda a sua atenção. Estava fascinado com a desenvoltura da menina, sua facilidade de se comunicar. Era mesmo um pouco aterrador vê-la em ação ao lado de Micheline, amorfa, alquebrada pelos acontecimentos. Renée, no entanto, também sofria.

— Desculpe, doutora — disse Werner —, tem um minuto para mim? Não me sinto muito bem.

Renée olha Werner com altivez, avalia-o um segundo, depois sorri para ele. Concorda em brincar com ele também. Ele finge bem.

— Enfermeira, cuide da madame. Tenho outro paciente para examinar.

Ela se posiciona diante de Werner e lhe ordena que abra a boca e diga "Aaah". Ele obedece. Renée examina o fundo da garganta do professor com atenção.

— Está muito vermelha! — conclui.

Começa a auscultação do tórax com a seriedade de um profissional.

— Estava em Stoumont antes de vir para cá? — interroga-a Werner.

— Sim — responde Renée —, na casa de Marcel e Henri, e Jacques e Marie.

— E antes de Stoumont, onde morava?

Renée o olha atravessado. Quer brincar, sim ou não? Se só queria saber coisas sobre ela, bastava perguntar. Não precisava fingir que estava gripado. Pena, ele dava um bom doente, o professor. Qual era sua pergunta mesmo? Ah, sim, antes de Stoumont.

— Antes eu estava no castelo da irmã Marthe, com uma porção de crianças.

O professor é todo ouvidos, ávido de saber. De ouvir as coisas terríveis e perigosas que aconteceram a Renée, coisas que ele jamais conheceu, das quais não faz a menor ideia, que tem dificuldade de imaginar, coisas que acontecem aos judeus, que precisam se esconder e fugir para escapar de seus inimigos. É como um grande jogo, mas de verdade. Renée joga com toda a inteligência e vivacidade que a natureza lhe deu. E, até agora, ela tem vencido. O professor quer saber como ela consegue? Pois bem, ela vai lhe dar o que ele quer. Coloca o estetoscópio no chão e olha Werner direto nos olhos.

— Lá era perigoso porque os alemães podiam vir a qualquer momento. Uma noite, eles chegaram. Eu não estava dormindo, porque fui fazer xixi. Eu estava no banheiro do corredor; ouvi quando eles subiram a escada na direção do quarto. Eles gritavam, as freiras gritavam, depois todo mundo gritava. Enquanto eles estavam no andar, desci devagarinho, na ponta dos pés, para o porão...

Renée faz uma pausa, deleita-se com a cara de Werner, seus olhos descomunais, sua boca aberta. E ele também se pega vibrando, como se ela lhe contasse a história de Barba Azul e ele tivesse nove anos. Vê Renée descer a escada, seus pés descalços deslizando sobre os degraus desgastados. A pequena usa uma camisola branca, que capta por um instante a luz dos faróis dos jipes que atravessam violentamente a porta escancarada. A criança entra no longo corredor, assoalhado com tacos pretos e brancos, depois abre uma porta, que dá para um poço escuro. Ela ouve os berros vindos dos andares, o choro dos bebês acordados bruscamente e maltratados, as súplicas das boas irmãs. Mas Renée conserva seu sangue-frio e é tragada pelo breu do porão.

— E eles... mesmo assim desceram ao porão — acrescenta Renée, sussurrando.

Mas claro que desceram! Werner desconfiava, mas não ousava pensar. Eles vão sempre. Barba Azul pede obrigatoriamente a chavinha de ouro à sua mulher desobediente. O lobo mau vai obrigatoriamente visitar a avó. Então os alemães descem também, pegam suas lanternas, varrem com elas o espaço abobadado. O silêncio está de volta ao castelo, rompido apenas pelos débeis gemidos das crianças.

— Mas não me acharam — proclama orgulhosamente Renée. — Sabe onde eu estava escondida?

Werner faz simplesmente "não" com a cabeça, estarrecido.

— No monte de carvão!

Renée desfruta plenamente do efeito produzido por sua história. Toma consciência de que outros ouvintes se juntaram ao professor: Jules, Sidonie, Hubert... Lembra-se da fuligem que a cobria ao sair do monte. Teve que tomar três banhos para tirar todo aquele encardido. Conta isso também e ri quando lembra. Mas subitamente para de rir, sente um nó na garganta. Os alemães, aquela noite, levaram três crianças, o pequeno Lucien, que ainda não tinha três anos, Martin e sua amiga Catherine. Não tem vontade de falar naquilo. Os rostos à sua volta ainda esperam alguma coisa. Mas sua história terminou. Ela se escondeu bem e ganhou o jogo. Não há mais nada a dizer. Catherine, por sua vez, dormia. Devia fazer xixi à noite muito raramente. Não era obrigada a se levantar no frio e descer até o banheiro no escuro, como Renée.

Catherine sempre dormia direto, serenamente. Era mais tranquila, com uma natureza menos inquieta que a de Renée. Acreditava piamente que ia rever seus pais. Renée não quisera lhe dizer que isso era pouco provável, não para ela, tão alegre, tão boazinha. Era bom conversar com ela, que sabia um monte de coisas, tocar piano, o nome das pedras preciosas, cantigas. Catherine perdera o jogo, o que não era justo.

O professor se afastou e o restante dos ouvintes se dispersou no porão. Louise espera que a brincadeira recomece. Mas Renée é incapaz de brincar, assim como de falar. É realmente a primeira vez que a criança conta essa lembrança; uma lembrança que ela reconstituiu com toda a força, lucidez, estranheza e, no fundo, a distância de que é capaz, mas que nem por isso deixa de ser profundamente traumatizante. Essa lembrança terrível, que poderia significar o fim de sua curta existência, Renée foi obrigada a mantê-la muito bem guardada no fundo de sua memória, soterrada durante quase dois anos, ressurgindo apenas num sonho recorrente que a mergulha todas as vezes no monte de carvão. Ela está ali, imóvel, olhos e narinas cheios de pó, não ousando respirar, enquanto a lanterna vasculha implacavelmente o monte, tenta se infiltrar entre os blocos, se afasta para sondar o restante do porão, depois volta pela milésima vez a se plantar a poucos milímetros de seus olhos. No sonho, o soldado que empunha a lanterna termina sempre por descobri-la, ou melhor, é Renée quem decide sair do monte, perguntando-se, uma vez do lado de fora, se não acaba de fazer uma asneira ao aparecer, julgando ter sido descoberta, mas não é o caso. Todas as noites ela torce para que esse sonho não venha visitá-la. Agora que acaba de partilhar a lembrança do porão, sabe que o pesadelo não voltará mais.

10

As três jarras de leite jaziam no chão. Mathias não resistiu à vontade de beber direto do recipiente. Engoliu sofregamente o líquido claro e quente, limpou a boca na manga da camisa. Seu lábio superior ainda estava orvalhado pelo líquido branco. Jeanne observava-o com uma expressão de desafio. Avançou, parou encostada nele, o rosto a milímetros do seu, os seios roçando o peito dele. Ele sentia os mamilos rijos dela através de sua camisa. Ela ergueu um pouco a cabeça para alcançar a boca de Mathias e pousou os lábios nos dele. Eram macios e ardentes, entregavam-se, não sem certa reserva. Quando a jovem quis enfiar a língua em sua boca, Mathias a repeliu. Recobrara-se subitamente. Estava fora de questão deixar-se seduzir por aquela garota incontrolável. Já arriscava a pele a cada segundo havia dois dias, não devia exagerar. Mathias sempre soubera tirar o melhor partido das mulheres e da sedução instantânea que exercia sobre a maioria delas; e seus sucessos como infiltrado estavam frequentemente ligados a uma ou outra de suas amantes, ou às mulheres que esperavam se tornar uma. Mas ali, naquele espaço confinado onde vivia em alerta permanente, Jeanne não podia ter nenhuma utilidade para ele, muito pelo contrário. Ele precisava ir embora o mais rápido possível com Renée. Dar no pé, era isso o que devia fazer.

Jeanne corou de decepção, os olhos cheios de lágrimas de raiva, que ela lutava com grande dificuldade para reter. Uma vaca esfregou a pata no solo e outra mugiu, como se para incentivar a moça a voltar ao ataque. Jeanne avançou novamente, a cabeça erguida e o peito projetado. Foi até Mathias, pegou seu rosto nas mãos, atraiu-o para si e o beijou na boca. Mathias se entregou dessa vez. Afinal, porra, não era uma rapidinha que ia colocá-lo em apuros! Desabotoou freneticamente o vestido de Jeanne e descobriu seu esplêndido par de seios, seus ombros curvados mas poderosos, sua barriga carnuda e, por fim, seu sexo, já molhado e aberto. Possuiu-a contra a parede, junto aos últimos pingos quentes e brancos de duas plácidas leiteiras. Que delícia estar dentro dela, respirar diretamente na pele seu cheiro tão especial! Um cheiro de adolescente que lembrava seu primeiro e único amor. Klara. Loira, pálida, esguia, mas franzina, quase frágil. Casada mais tarde com um industrial do Ruhr, um membro fiel do partido. Atrozmente infeliz. Revira-a uma vez em Berlim, em 1942. Estava bêbada e se agarrara a ele, lamentando seu destino de pobre mulherzinha rica e ociosa. Lamentava a juventude e o amor perdidos, mas também os criados desonestos, a dificuldade de encontrar um bom peleteiro depois que os judeus desapareceram e, acima de tudo, sua esterilidade, que fazia dela uma verdadeira pária aos olhos de seus amiguinhos nazistas. O marido exprimia sua frustração dando-lhe uns sopapos de vez em quando. Ela importunara e enojara tanto Mathias que este lhe dera um tabefe. Não queria vê-la nunca mais, para conservar intactos os momentos de paixão de seus vinte anos, o amor que faziam sem pressa na capela abandonada perto do lago de Jungfernsee.

Os olhos de Jeanne mergulhavam nos seus, mas sem vê-lo; olhavam dentro dela mesma, concentrada na escalada iminente do prazer. Entregava-se completamente, sem pudor, sem reservas. Mathias ficou surpreso com a felicidade que sentia ao vê-la se entregar tão rapidamente, os olhos agora fechados e as sobrancelhas franzidas, com um ar um pouco contrariado. Toda a adolescência de Jeanne se desenrolara durante a guerra, na angústia, nas privações, na incerteza. Era a revolta e a sede de viver que seu corpo exprimia nos braços de Mathias, e isso o abalou um pouco. Ele se imobilizou de repente dentro dela; ouvira um barulho. Jeanne emergiu, abriu a boca para falar, mas Mathias tapou-a com uma das mãos. A voz de Berthe ressoou. Chamava a filha. Jeanne e Mathias permaneceram encaixados, sem se mexer. Berthe acariciou uma vaca, dizendo-lhe palavras meigas. Jeanne abafou uma risada e seu sexo se contraiu com força. Mathias a beijou e recomeçou a se mexer muito lentamente dentro dela. Por fim, Berthe decidiu sair, reclamando da filha. E Mathias deixou-se invadir pelo prazer, violento como ele não sentia havia muito tempo. Vestiram-se às pressas e voltaram ao porão com as jarras de leite.

Atravessando o pátio, ouviram uma salva de deflagrações que vinha da floresta próxima, da zona do riacho onde Mathias e Renée deixaram o jipe. Um obus passou não longe da fazenda. Jeanne sobressaltou-se e derramou parte do leite que transportava.

No porão, os civis estavam paralisados pelos tiros. Ninguém então prestou atenção no semblante perturbado de Jeanne; puseram tudo isso na conta do medo. Jules grunhiu; queria os americanos fora. Mas Pike não estava decidido a partir; o rádio continuava imprestável, e eles não iam se meter no meio dos combates, com tão pouca munição e dois feridos que ainda não estavam em condições de andar.

O leite foi distribuído, o que trouxe um pouco de reconforto. Enquanto dava o primeiro gole, Sidonie foi visitada por uma imagem: revia-se criança, sentada no colo da avó, bebericando sua gemada morna em frente ao pinheiro de Natal. E a coisa lhe voltou: estavam em 24 de dezembro, véspera de Natal. Ninguém pensou nisso! Ela disse:

— E se guardássemos para a noite? É Natal.

Todos congelaram, estupefatos. Natal. Era quase um absurdo em um momento como aquele, com a guerra em toda parte, as pessoas morrendo, vagando na neve ou esperando, famintas e congelando nos porões; com as casas em ruínas, os animais escorchados nos pátios e, nos caminhos, as florestas em chamas. A velha Marcelle pôs-se a soluçar.

— E onde estão... o pinheiro e o *cougnous** e a missa do galo e... as canções?! É ou não é terrível?! — conseguiu dizer entre soluços.

— Cale-se, espere um pouco, Marcelle — diz Ginette. — Vamos comemorar o Natal. É a festa do menino Jesus! *I n'fât nin l'roûvi, ou bin c'est lu qui nos roûvirè.*

Todos fizeram o sinal da cruz diante dessa solene advertência. Berthe traduziu para Mathias: "Não devemos esquecê-lo, ou ele é quem nos esquecerá". Mathias não pôde deixar de sorrir. Para ele, era evidentemente tarde demais, Deus abandonara

---

* Também chamado "pão de Jesus", um brioche típico da Bélgica e do norte da França. (N. do E.)

havia muito tempo a humanidade, e isso era inapelável. Os civis decidiram comemorar o nascimento de Cristo o mais dignamente possível, apesar da ausência do pinheiro, dos misteriosos *cougnous* e da missa do galo. Era o momento ideal para sair à francesa; a tensão estocada havia dias se distenderia, e não somente na fazenda Paquet, mas um pouco por toda parte na região. Porque o Natal é uma data lembrada por todo mundo, até pelos alemães. Ainda não conseguiram substituir o culto da divina criança semita pelo de um implacável Thor do futuro.

Mas eis que os planos de Mathias são estragados por Louise: a menina quer fazer um presépio vivo. E, claro, tudo que Renée quer é participar! Ela se aproxima de Mathias com um olhar ardente. Vê que ele planejou alguma coisa e que aquela festa o contraria. Assim, não pede nada. É ele quem lhe diz, tolamente:

— Quer fazer o presépio?

— Eu gostaria muito — responde Renée. — Você não quer?

— É melhor não.

A criança suspira. Está decepcionada. Mathias detesta vê-la assim. É impressionante quanto ele amoleceu desde que está com Renée. E ela também. Ele a revê três dias antes, na cabana, arisca, obstinada. Lembra-se de como ela se debatia em seus braços na noite antes de deixarem a cabana e como abandonou o jipe para caminhar sozinha no campo. Ali, ela relaxa, se distrai. E, afinal de contas, isso é mais que normal. Mathias sabe que deveria deixá-la na casa daquelas boas pessoas, em vez de arrastá-la em uma viagem sem dúvida infernal. Como se tivesse lido seus pensamentos, Renée diz:

— Tudo bem. Vamos partir. É melhor.

— Vamos ficar mais esta noite.

Vão comemorar o Natal ali, no calor humano. Renée participará do presépio. E amanhã irão embora. Mathias não consegue deixar de se alegrar ante a perspectiva de voltar a estar com ela na natureza. Os dois, novamente sozinhos no mundo, caçando, dormindo em abrigos improvisados. Ele lhe ensinará como construir uma cabana de galhos, como montar a cavalo. Ele a observará comendo carne cozida no fogo com seus dedinhos todos besuntados; ela observará cada um de seus movimentos, atenta e silenciosa. E talvez ela lhe conte outra de suas histórias, com seus olhos escuros onde as chamas dançarão.

Jeanne veio sentar-se ao lado deles, mas Mathias queria que ela saísse. A moça observa o soldado e a criança em silêncio. Ela se sente como um fio de cabelo na sopa: completamente alheia à sua relação insólita e exclusiva. No entanto, aquela tarde, no estábulo, ele estava com ela por inteiro, ela o sentiu, tem certeza disso. A menina sorri gentilmente para Jeanne, e é como uma faca que vasculha seu peito. Esse sorriso cheio de compaixão, que diz: "Sei que você está apaixonada, mas ele é meu, veja, é assim, e você não pode fazer nada". Jeanne se levanta precipitadamente e se dirige a Renée:

— Quer vir comigo? Vamos pegar as fantasias para o presépio.

Renée se levanta e segue Jeanne. Louise, Blanche, Albert e Charles Landenne esperam perto da escada. E Micheline, que saiu de seu torpor. Talvez porque finalmente verá o menino Jesus. Falso, mas é sempre melhor que nada. As crianças correm em fila indiana pelo corredor que dá nos quartos. Louise persegue Renée e Blanche; Micheline as segue sem entusiasmo. Charles está nos ombros de Albert, que o carrega soltando gritos de Sioux. Jeanne deixa que eles deem livre curso à sua energia, por muito tempo contida. Ela mesma está feliz ao ouvi-los rir e gritar, como se a guerra não existisse, como se tudo estivesse normal.

As crianças estão no quarto de Jules e Berthe. É espaçoso, há um grande armário de espelho com três portas, puxadores em forma de cabeça de leão, uma cômoda com uma coroa de flores secas, cercada por porta-retratos. Renée observa atentamente o do casamento. Jules e Berthe parecem tão jovens, quase como Jeanne, mas Berthe é menos bonita, tem o ar comportado. Ela carrega a coroa de flores na cabeça. Renée não possui nenhum retrato, nem dela mesma, menos ainda de sua família. Suas amigas no castelo às vezes tinham. Mas não dispunham desse direito, era perigoso se os alemães os encontrassem. Mesmo assim, Catherine tinha dois, escondidos no forro de sua mala. Havia um com toda a sua família — seu pai, sua mãe e seus dois irmãos. E outro de sua avó, uma velha senhora toda de preto com um vestido comprido de renda e um véu na cabeça.

Catherine às vezes os pegava para dormir, apertando-os contra o peito. Não podia vê-los, uma vez que estava escuro, mas não ligava; falava com eles e desfiava seus nomes feito uma reza — papai, mamãe, Joachim, Serge, *bobe* Macha, papai, mamãe, Joachim, Serge, *bobe* Macha, papai, mamãe... Renée às vezes ia juntar-se a Catherine na cama. Elas se aconchegavam uma na outra e entoavam a ladainha dos nomes. Renée gostava particularmente de dizer "*bobe* Macha". Catherine lhe explicara que *bobe* significava "avó" em sua língua, e Macha era seu nome; a união das duas palavras criava um sentimento carinhoso, uma sensação açucarada, apetitosa como um doce. Contudo, não se podia dizer que a velha "*bobe* Macha" tivesse qualquer coisa em comum com as maravilhas culinárias que seu nome evocava para Renée; era magra e ressequida, a boca rígida, o olho cortante.

Entre os retratos expostos na cômoda do casal Paquet, havia um de uma velha senhora, que não podia ser Marcelle, mas sem dúvida a mãe de Marcelle, pois parecia muito com ela, com roupas de outra época. Era uma verdadeira "*bobe* Macha", redonda, com um sorriso que dizia que tudo ia se arranjar.

Louise tira do guarda-roupa um monte de cachecóis, chapéus e roupas. Albert e Charles entram no quarto, reviram os panos e adereços, provam-nos, zombando. Louise junta-se a Renée perto da cômoda; pega a coroa de noiva de flores secas e a coloca na cabeça de Renée, então a arrasta para a frente do espelho. Louise diz:

— Você pode fazer a Virgem Maria.

A Virgem Maria?! O que ela tem na cabeça? Renée não pode: é judia. Albert pergunta o que isso quer dizer, "judeu", mas a própria Renée sabe tão pouco a respeito; e, depois, o que ela sabe não tem vontade de contar ali, na hora, ainda mais a Albert, que sem dúvida não tem nada que fazer com isso e só quer constrangê-la. A Louise, Renée talvez dirá, mais tarde, se tiver tempo. Albert insiste, dando um riso malvado:

— E por que uma judia não poderia representar a Virgem Maria?

— Porque os judeus mataram Jesus — deixa escapar Renée, com autoridade.

Louise e Micheline soltam ao mesmo tempo um gritinho de pavor. Albert empalidece.

— Não foram... os romanos? — pergunta, incrédulo.

— Não, fomos nós — responde Renée, com insolência, os olhos pregados nos de Albert.

Foi a velha irmã Rita, corcunda e malvada feito uma lagarta, que um dia lhe contara que os judeus crucificaram Jesus.

Renée ruminara que era esse o crime que agora fazia os judeus serem detestados pelos alemães e, sem dúvida, também por outras pessoas. E, pensando bem, isso nada tinha de espantoso. Ela ficava confusa e com vergonha quando olhava um crucifixo, sobretudo diante das cenas da Paixão na igreja. Mas hoje, diante de Albert Paquet com seu ar desdenhoso, Renée está orgulhosa, orgulhosa de vê-lo empalidecer, impressionado. Sim, os judeus mataram Jesus, colocaram-no na cruz, cravaram-lhe pregos nas mãos e nos pés e o deixaram ali por horas a fio, ao sol, e ele tinha sede e sofria e estava triste por morrer, mas os judeus se lixavam para isso e riam dele, atirando-lhe legumes podres na cara, e de toda forma não gosto da Virgem Maria, quero ser o anjo Gabriel. Micheline explode em soluços, Louise está transtornada, Charles diz: "Puta merda!", e Albert está vermelho de raiva diante daquela peste arrogante que ele julgava humilhar e que lhe ri no nariz dizendo coisas que ele mesmo não ousaria pensar. E eis que Micheline volta à sua ladainha:

— E o menino Jesus, quando virá me buscar?

— O menino Jesus não virá mais, está morto, eu o matei, você não ouviu?

Silêncio. Renée está com os olhos vermelhos; as lágrimas só pedem para arrebentar e escorrer em suas faces. Bruscamente, ela se esquiva e sai do quarto. Caminha no corredor, cega pelas lágrimas, empurra uma porta aberta, entra em um quarto onde os móveis estão cobertos com lençóis brancos. Renée se senta na cama. Está com muito frio e começa a tremer. Precisa parar de chorar para descer novamente ao porão. Gostaria tanto de sentir o seu Ploc junto de si. Mas o deixou na cama, lá embaixo; Berthe a convenceu a não carregá-lo por toda parte. Renée não deveria tê-la escutado. Após alguns minutos, as crianças empurram a porta do quarto. Louise se aproxima de Renée, senta-se ao seu lado e a pega carinhosamente pelos ombros.

— Você será o anjo Gabriel. De qualquer maneira, tudo isso foi há muito tempo. E foi o Albert quem irritou você. Albert, você prometeu fazer as pazes!

Albert se aproxima, de má vontade, mas estende mesmo assim a mão para Renée, que a aperta. Os outros sorriem para ela com benevolência, com vergonha de tê-la feito sofrer, já esquecendo suas blasfêmias.

Jeanne não subia ao seu quarto fazia dias. Esquecera um pouco o caos que os alemães deixaram lá, sofá depredado, gavetas espalhadas no chão com seu conteúdo, cortinas arrancadas. Quer escolher um vestido bonito para esta noite de festa, um vestido que a valorize. Ainda espera despertar o desejo de Mathias; recusa-se a aceitar que sua relação no estábulo não tenha continuidade. Está apaixonada, arde por dentro, partiria com ele se ele pedisse e, mesmo que não pedisse nada, seria capaz de ir com ele para a frente de batalha, como aquelas mulheres de guerreiros gauleses de que lhe falaram na escola, que provocavam o inimigo antes da batalha com gritos e cânticos de guerra.

Jeanne abre a porta do guarda-roupa, confere as peças penduradas em cabides; sua mão para em um tecido brilhante, o acaricia. Ela pega um vestido de seda creme, o que usou no casamento da tia Anette, a irmã de seu pai que mora em Liège. Coloca o vestido à sua frente e se olha no espelho. Talvez seja um pouco chique demais, inadequado. Mas paciência. Se esperar o fim da guerra para usá-lo, talvez já esteja com oitenta anos! A guerra! É de fato um assunto de homens, um jogo de garotos maus com medo de não terem o suficiente dentro das calças. Mas o soldado "canadense" é diferente. Ele parece olhar tudo aquilo de longe com seu sorrisinho, que está sempre em seus olhos quando não está na boca. Sua boca. Carnuda e rija, com aquele lábio superior bem delineado. Jeanne tira o vestido de lã cinza e o sutiã. Esfrega-o no rosto, a lã exala uma poderosa lufada do cheiro dele. Jeanne respira o tecido, depois a pele de seus braços, esperando colher ainda um resquício de aroma. Coloca o vestido de seda sobre os seios nus. Fecha os olhos. Enquanto o pano escorrega sobre seu rosto e peito, ela o vê, sente, acaricia seus seios, insinua uma das mãos entre as coxas, a penetra.

Mathias não é o seu primeiro. Houve Germain Jaumotte, filho de um rico fazendeiro com quem seus pais simpatizavam, torcendo para eles fazerem filhos e filhas de ricos fazendeiros, que engendrariam gerações de ricos fazendeiros até o Juízo Final. Com Germain, não era ruim, ele era tímido e desajeitado. Mas isso não tinha mais nenhuma importância, nenhum interesse, depois *dele*, o soldado. Ela ainda quer que ele a toque, a possua, que se abandone dentro dela. O que Jeanne teve com Mathias é suficiente para lembrar-se a vida inteira, mas sutil demais para o desejo que sente por ele, desejo que uma vida longa, ela acredita, não bastaria para esgotar.

Jeanne comemorou seus dezoito anos mês passado, em 1º de novembro, véspera de Finados. Seu aniversário é sempre um pouco bizarro, considerando que, nesse dia, as pessoas costumam ir às sepulturas, com seus feixes de ramagens, seus baldes e os crisântemos que fedem. As mulheres esfregam a pedra ou o mármore de joelhos, com o semblante compenetrado, às vezes sob a chuva insistente, diante da cabeceira com um metro de altura do defunto que os observa de sua moldura dourada. Em seguida, voltam para comer "torta de arroz com ameixas" e repisam as mesmas eternas recordações, com os olhos marejados, por hábito. Os dezoito anos de Jeanne, aquele ano, passaram quase despercebidos, entre o pobre tio Jean, morto aos quarenta anos de um câncer nos testículos, e a velha Rose, que partiu aos cento e sete anos no meio da missa. Sem falar nas baixas de cinco anos de guerra, que ainda vinham escurecer o quadro. Quando Jeanne abre os olhos, Dan está ali, em pé atrás dela, e a observa no espelho. Ela fecha os olhos e os abre novamente, como se despertando de um pesadelo. Mas Dan não se mexeu. Aproxima-se com um olhar cheio de luxúria e murmura algumas palavras em inglês.

— *I saw you through the window...*
— Não compreendo nada, e o senhor não tem nada que fazer aqui! Saia!

Jeanne dirige-se à porta. Dan segura seu braço e a vira. Beija-a no pescoço, depois na boca. Jeanne tenta se desvencilhar. Consegue esbofeteá-lo. Isso faz o americano sorrir, e ele a empurra brutalmente na cama e se deita sobre ela, tapando-lhe a boca com uma das mãos. Com a outra, vasculha sob o vestido, apalpa-lhe a barriga, os seios, belisca os mamilos. Jeanne tem lágrimas de dor que lhe sobem aos olhos. Dan transpira e ofega; até mesmo treme um pouco. Jeanne se debate, esmurra, consegue rechaçá-lo, mas o homem é muito mais forte. Ele conseguiu desabotoar a calça; arrancou a calcinha de Jeanne, tenta penetrá-la, mas a jovem se mexe muito. Ela sente o sexo rijo encostado em seu púbis, procurando a abertura mais embaixo. É nojento e quase inconcebível. Jeanne considera a situação como se estivesse fora de seu corpo; vê, do alto, aquele sujeito tentando estuprá-la e se defende em vão. Começa a ficar cansada. Logo ele estará dentro dela. Com um grande esforço, faz um meneio com o quadril e empurra Dan. Este é brutalmente projetado para trás. Atrás dele aparece Jules Paquet. Vira Dan e o imprensa na parede, desferindo-lhe dois pares de bofetadas magistrais.

— Você merece que eu te mate! Caso se aproxime dela de novo ou fale com ela, está morto. *Understand? You dead!*

Jules solta o americano, abre a porta e o atira para fora. Fecha-a novamente e vem se sentar perto de Jeanne, toma-a nos braços.

— Foi Philibert que veio me chamar — diz. — Ele seguiu o patife. Amanhã ponho todo mundo pra fora.

11

No porão, montaram um estábulo para o presépio. O chão, já coberto de palha, serve perfeitamente. Ao fundo, estenderam um pano de veludo azul-escuro, no qual estão costuradas estrelas recortadas nos lençóis. Na palha, a Virgem dorme serenamente. É Louise, que usa uma camisola branca de sua mãe e sua coroa virginal. Está muito escuro, apagaram quase todas as lamparinas a óleo e as velas. O público está silencioso, atento, recolhido. Os americanos têm olhos de crianças grandes um pouco estúpidas; estão contentes por estarem ali em vez de no combate, ou na floresta, ou na casa de outras pessoas, mas pensam em seu lar, em sua família. Estão felizes e tristes. Os civis estão preocupados com a qualidade do espetáculo. Convém homenagear o Cristo, convém que seja bem-sucedido, que as crianças digam bem o seu texto, não gracejem, como às vezes é o caso nas procissões. Jules Paquet está calado, sua mulher lhe pergunta baixinho o que ele tem, ele encolhe os ombros, irritado. Jeanne está radiante. Ninguém conseguiria adivinhar o que acaba de lhe acontecer. Fez um coque nos cabelos, passou batom. Está linda em seu vestido de seda. Mathias espera a entrada em cena de Renée, mas não deixa de olhar para Jeanne. E a jovem sente seus olhos nela.

Dan entocou-se em um canto. Tem certeza de que o fazendeiro fechará a boca; se abrisse, seria um escândalo. Algumas balas poderiam ser desperdiçadas... No escuro, Dan pode ver sem ser visto. Fica louco observando o flerte entre Jeanne e o suposto canadense. O sujeito trepou com ela, Dan tem certeza disso. E foi essa certeza que o fez perder a cabeça, o impeliu ao quarto da jovem. Nunca em sua vida se sentiu tão devorado pelo ciúme. Tentou fazer com Jeanne o que ele viu tantas vezes seus camaradas fazerem desde o início da guerra. Julgava-se completamente blindado contra esse tipo de desejo. E o pior é que, se a ocasião permitisse, ele recomeçaria. Se tivesse conseguido levar a cabo aquele estupro, ele a teria espancado em seguida, isso é certo. Teria dado uns socos em sua carinha de puta atirada, quebrado alguns dentes; teria feito ela engolir o orgulho. Piranha, puta! Mas, Senhor, que loucura ficar colado nela. Sua buceta estava molhada. Tocando nela, ele quase gozou. Mas ele compreendera rápido: se estava úmida assim, é porque acabava de trepar com o outro patife.

Dan vê uma luz aparecer no fundo do porão; é uma vela carregada por uma criança. A porra do anjo Gabriel! E é a judia que o representa. Está fantasiada com cortinas como véu e duas espécies de asas lhe cresceram nas costas. Parece um galinheiro coberto por um pano. Renée avança majestosamente; parece flutuar rente ao chão, e em seu rosto solene vacila a chama do castiçal que ela carrega como um fogo sagrado. Ao chegar perto da Virgem adormecida, diz, com uma voz inspirada:

— Acorda, Maria.

Louise levanta lentamente a cabeça e dá um grito ao ver o arcanjo.

— Não teme. Vim anunciar-te uma grande notícia. Abre bem teus ouvidos!

Ouvem-se algumas risadinhas na sala. Renée permanece inteiramente concentrada. Pousa sua vela em um banquinho e abre os braços, as palmas voltadas para fora, como vira o padre fazer na igreja.

— Maria, conceberás e darás à luz um filho e lhe porás o nome de Jesus. Ele será grande e será chamado de o Filho do Altíssimo. E o Senhor lhe dará o trono de Davi. Ele reinará eternamente sobre a casa de Jacó e seu reino não terá fim.

A voz clara e autoritária de Renée ressoa sob as abóbadas, articulando perfeitamente cada uma das palavras da Anunciação, como se ela compreendesse todo o seu sentido oculto, todo o mistério. A menina está como que possuída pelo seu papel, completamente dominada. Renée fez absoluta questão de dizer toda a réplica do anjo; Jeanne achou que seria muito longa e complicada de decorar. Mas Renée estava à altura e comprovava isso.

O público está profundamente impressionado; alguns fazem o sinal da cruz; Louise está toda trêmula e não se sabe se ela representa o terror ou se está realmente tomada por esse sentimento. Ela deve responder alguma coisa, mas nada sai de sua boca. Ouve-se um murmúrio vindo dos bastidores: "Mas como isso é possível..."; é Albert quem sopra o texto. Louise inspira.

— Mas como isso é possível, visto que não conheci homem?

— Pois bem, eis o que vai acontecer...

Renée faz uma pausa após essa ligeira distorção das palavras do Evangelho, que produz um pequeno efeito cômico, desencadeando um ou dois arrulhos. A garotinha lança um olhar zangado para o público, depois prossegue:

— O Espírito Santo descerá sobre ti e a força do Altíssimo te envolverá com sua sombra. É por isso que aquele que nascer de ti será santo e será chamado Filho de Deus.

Louise se levanta e se ajoelha, rezando perante o anjo.

— Sou a serva do Senhor. Faça-se em mim segundo tua palavra.

— Sê bendita entre todas as mulheres, Maria. Infelizmente, vais sofrer muito, pois teu filho terá aborrecimentos e será morto. Boa sorte!

Louise tem um engasgo de surpresa. Um rumor percorre o porão. O rosto dos civis congela. Os soldados não compreenderam nada, exceto Mathias, dividido entre a admiração pela performance tão sincera de Renée e a vontade de rir provocada por sua impertinência. É toda essa situação maravilhosamente absurda que o diverte no mais alto grau, e cuja ironia ele parece ser o único a perceber: Renée como arcanjo, anunciando o reino de Jesus, herdeiro do trono de Davi, sobre a casa de Jacó. Renée que, em um arroubo de franqueza que lhe é bem peculiar, certifica-se de que a Virgem não abrace ilusões quanto à graça que lhe é concedida. Cuidado, minha velha, a vida é uma cadela: ela dá e tira. Mathias se sente pela primeira vez tomado por um sentimento inédito para ele: o de estar em seu lugar. Sem dúvida alguma, ele precisava ter vivido até ali para ver isso. Se a sua existência faz algum sentido, ele devia estar ali, diante daquela improvável Anunciação.

Todo mundo espera ver o anjo se retirar, mas, em vez disso, Renée se abaixa e ajoelha diante de Louise. Pega-lhe a cabeça nas mãos e a beija carinhosamente no rosto. Louise parece perdida; tenta primeiramente resistir ao beijo. Esse gesto não está previsto na encenação, mas é apropriado, justo e comovedor. Sidonie cai no choro; Berthe funga. Os soldados sentem uma coceira nos olhos. Renée recolhe a vela do chão, se levanta e deixa a Virgem, saindo de costas para desaparecer atrás de uma coluna. Uma salva de palmas acompanha a partida do anjo.

No cena seguinte, Charles, Blanche e Micheline encarnam os pastores que viram a estrela no céu e decidem segui-la para prestar homenagem ao menino Jesus. Em seguida, o presépio é descerrado. Louise segura uma boneca nos braços. Albert encarna um José bastante honroso, trajando um manto marrom e pintado com uma barba feita com rolha queimada. Renée vem juntar-se à Sagrada Família, ainda como arcanjo, e entoa "Entre o boi e o burro cinza, dorme, dorme, dorme o menino...", os outros se juntam ao seu canto, depois o público também. No fim, as crianças saúdam o público de mãos dadas, sob aplausos e gritos de bravo. Mas eis que Jules se retira por alguns instantes em um pequeno cômodo contíguo ao grande porão e sai com algumas garrafas. De repente, sua voz faz os presentes se sobressaltarem.

— É ameixa! — brada. — E da boa! Guardei-a para as grandes ocasiões, e se esta não é uma...

Jeanne e Berthe vão pegar tudo que pode servir como copo na cozinha, e a aguardente é servida. Os soldados se desfazem em agradecimentos. Todos brindam, beijam-se, elogiam as crianças que voltam, após terem retirado as fantasias. Os cânticos de Natal se sucedem, enquanto as mulheres vão preparar a magra refeição; o eterno purê de aveia enfeitado com algumas amêndoas que Berthe escondera para o peru, na época em que ainda se sonhava. E depois tem o leite fresco guardado "para a noite".

Jean, filho de Françoise, parece particularmente fraco; sua pele ficou cinza e ele nem sequer tem força para tossir. A febre subiu mais ainda e sua mãe soluça, embalando-o em um canto. Sidonie sentou-se perto dela. A poucos passos, Ginette canta com os outros. Sidonie e Françoise trocam olhares, depois seus olhos se dirigem para a velha curandeira. Ginette percebeu o conluio. Aquela pobre mula da Françoise decidiu engolir seu estúpido orgulho? Ginette sabe que talvez seja tarde demais, que a infecção está há muito tempo instalada no corpinho exausto.

Françoise se levanta, vai até Ginette, com seu filho nos braços. Ginette lhe estende os seus e recebe a criança doente. Com imensa doçura, acaricia o menino, primeiro nas faces, depois no peito. Françoise relaxa aos poucos — um calor e uma energia benéficos emanam de Ginette; todo mundo à sua volta sente isso. Renée veio se instalar perto da curandeira. Ela esperava esse momento, primeiro para o pequeno Jean, mas também para ver Ginette lutando contra o mal. Todas as vezes que a velha ia trocar o curativo do soldado, Renée estava presente. Há uma força em Ginette, uma espécie de magia que poucas pessoas detêm. Todos no porão parecem ter um pouco de medo. A curandeira depositou a criança em um xale diretamente no chão e massageia-lhe vigorosamente o tórax. Jean começa a tossir, cada vez mais forte, e termina por cuspir uma enorme e horrível gosma verde. Françoise dá um grito, estendendo os braços para o filho.

— Não se preocupe — diz Ginette —, é o mal que está saindo. Ele vai melhorar.

Ela recomeça as massagens e os tapinhas no peito de Jean, acompanhando seus gestos com palavras estranhas.

— Tosse ruim, expulso-te desta criança, como Jesus expulsou Satanás do Paraíso.

As mãos de Ginette trabalham sobre o corpo de Jean e aquelas manobras continuam a fazê-lo expectorar coisas viscosas imundas, coisas que sem dúvida o impediam de respirar, pois, a cada vez, a criança inspira grandes golfadas de ar e parece recuperar a cor. Uma pequena aglomeração se reuniu em torno de Ginette, entre eles alguns soldados americanos. O tenente Pike está particularmente cativado pela cena, dividido entre a admiração e o temor. Quando termina e devolve Jean à sua mãe, Ginette diz:

— Ele vai respirar melhor esta noite e sem dúvida a febre vai baixar. Recomeçaremos amanhã.

Françoise aperta as duas mãos da mulher com emoção, mas Ginette as retira com humor:

— Não faça um estardalhaço, por favor, seu menino ainda não se safou. *I n'fât nin compter l'ou din l'cou del poye.**

Mathias assistira à cena de longe. Estava acostumado com aquelas práticas. Chihchuchimâsh era curandeira e ele a vira muitas vezes em ação, primeiro sobre o corpo dele e depois sobre muitos outros. Mas o poder da velha índia também se estendia sobre as almas, e era nesse domínio que talvez fosse mais potente. Ele a reviu alguns dias antes de partir para a Europa. Ela fora a pé até a cabana de Mathias, a cerca de dez quilômetros de seu acampamento de inverno, por atalhos difíceis e num frio atroz. Mathias tinha feito café; eles o bebericavam em xícaras

---

* "Não se deve contar com o ovo no cu da galinha."

de níquel, cada um sentado de um lado da mesa no centro do único aposento. No rosto de Chihchuchimâsh refletiam-se as sombras projetadas pela lamparina a óleo colocada sobre a mesa, formas estranhas dos objetos de caça e das raquetes penduradas nas paredes à sua volta.

— Mata-Muito não vem a Chihchuchimâsh, então ela vai até ele sobre suas velhas pernas — disse finalmente a índia.

Mathias contentou-se em encolher os ombros. Limitara suas visitas nos últimos tempos, desde que tomara a decisão de deixar o país para se alistar no exército alemão. Fazia alguns meses que Mathias vendia muito menos peles. Os empregados do posto de troca e os outros caçadores brancos olhavam atravessado para ele; ninguém gostava mais dos alemães depois que a guerra começara, em setembro.

Mathias ouvira falar dos campos de internação previstos para os "súditos de um país inimigo". Civis de origem alemã já mofavam lá desde o outono. Isso só deixou Mathias meio surpreso, levando em conta a maneira como os canadenses tratavam os imigrantes. A comunidade japonesa de Vancouver, por exemplo, sofria havia muito tempo sanções dos nacionalistas: exclusão de certos empregos, vandalismo, confisco, intimidações de todos os tipos, em suma, o mesmo lamentável refrão imposto aos judeus na Alemanha de Hitler. Mathias poderia ter permanecido escondido na floresta e esperar tranquilamente que a coisa acalmasse. Mas detestava sentir-se indesejável, mesmo por parte de pessoas a quem via pouco e que não significavam nada para ele. Não pretendia mais viver entre os índios. Frequentá-los episodicamente lhe convinha perfeitamente.

— Você partirá para a guerra — anunciou Chihchuchimâsh, num tom ao mesmo tempo triste e solene.

Como a velha coruja sabia disso? Mathias ainda não falara com ela. Nervoso, acendeu um cigarro. A índia pediu um. Tragou profundamente.

— Por quê? — ela perguntou.

Por quê? Por quê? Na verdade, Mathias não tinha nenhuma razão válida para voltar à Alemanha. Tinha bicho-carpinteiro no corpo, era curioso, eis o motivo. E suficientemente louco, suficientemente desajustado para se atirar em uma guerra. Alguma chama ardia permanentemente nele, não lhe dava nenhuma trégua, mesmo naquelas solidões glaciais, mesmo entre os índios Cri. Chihchuchimâsh tivera a pretensão de "curá-lo", como ela dizia, e ele passara horas em tendas de sudação, delirando por causa do calor intolerável, embalado até a náusea pelos feitiços dos índios ao redor. Não acontecera nada, nem durante, nem depois. Nenhuma visão, premonição, nenhuma mudança, tampouco apaziguamento.

Ia partir para a guerra, era fato. Pela maneira como Chihchuchimâsh dissera isso, Mathias se lembrou de uma canção francesa que sua mãe cantava para ele ainda criança: "Malbrough foi para a guerra, mironton, mironton, mirontaine..."

Observou a índia tragar seu cigarro e expelir a fumaça azul muito lentamente, formando círculos que flutuavam enquanto se alargavam, para terminar se desfazendo e desaparecendo. Ela observava aquele fenômeno com muito interesse, como se pudesse ler alguma coisa nele, um desses malditos sinais que via em toda parte. E talvez fosse o caso, no fim das contas. Mathias rompeu o silêncio, que julgava opressivo:

— Ei, não quer alguns pacotes de cigarro e farinha? A carne depois você arruma...

— É hora de eu me despedir de você, meu filho — interrompeu Chihchuchimâsh.

— Mas eu só parto daqui a duas semanas!

Mathias estava decepcionado. Dava-se conta de que esperara secretamente que ela lhe revelasse uma parcela de futuro, uma vaguíssima e ínfima ideia do que o aguardava lá, por meio de uma palavra ou uma frase enigmática, ainda que absolutamente obscuras. Conheceu um branco com quem caçara em outros tempos que lhe contara que um xamã Blackfoot lhe concedera o dom de uma predição. O caçador era incapaz de interpretar, mas a visão se revelara em toda a sua luz em dado momento de sua existência. Chihchuchimâsh não lhe daria esse presente, simplesmente porque ele não estava preparado para recebê-lo.

— Não tenho nada a dizer — disse a velha, lendo em seu espírito.

— Não preciso de nada — ele respondeu com orgulho.

— Oh, sim — ela replicou. — Mas não vejo. Está embaçado. E, quando sonho com você, você nunca tem rosto. É assim.

A velha se levantou, enfiou seu gorro de lã e se enrolou no grande cobertor xadrez que usava por cima de sua vestimenta canadense. Chihchuchimâsh e Mathias caminharam em silêncio até a aldeia, guiados pela luz da lamparina a óleo, acompanhados por Crac, feliz com seu passeio noturno, sem nenhuma intuição do que ia acontecer, simplesmente porque Mathias não programara nada ao deixar a cabana. Crac permaneceu na aldeia; isso foi rapidamente decidido aquela noite. Mathias nunca se esqueceu do olhar do animal quando percebeu que seu dono o abandonava. Odeia-se por isso e vai odiar-se até a morte. Era a última vez que via as duas criaturas mais importantes de sua vida. Até conhecer Renée.

12

Jules Paquet entoou "Meia-noite cristã" com uma voz profunda e muito bonita. Todos o escutavam religiosamente, como se aquele momento lírico substituísse a missa. Não ousavam cantar abertamente com ele, os lábios se contentavam em murmurar a letra. Só Philibert se jogou todo em "O mundo inteiro estremece de esperança", com um falsete agudíssimo, que se rompeu nas notas difíceis de "Povo de joelhos, espera tua libertação", mas não se declarou vencido e voltou mais uma vez em "Natal, Natal, eis o teu Redentor". As crianças morriam de rir; os adultos ficaram um pouco chocados, exceto Jules, que não conseguia esconder o bom humor. Philibert parecia não perceber nada, cantava com toda a sua alma pura e simples, e todos pensaram que era sem dúvida aquela voz insuportável que devia ser a mais agradável aos ouvidos de Deus, pois "bem-aventurados os pobres de espírito...".

Em seguida, passou-se a coisas mais leves. Berthe descera o fonógrafo e alguns discos para o porão. Começaram com Maurice Chevalier, a pedido dos americanos, depois veio Mistinguett, seguida por alguns tangos e javas. Jules chamara a mulher para dançar, e outros pares se formaram, Pike com Sidonie, Jeanne com Max, Philibert com Berthe... Hubert, o guarda rural, estava encarregado da seleção de músicas e levava seu papel muito a sério. A agulha nunca deslizava no vazio por muito tempo no fim do disco. Após um java particularmente endiabrado, Hubert decidiu passar às canções sérias e colocou na bandeja um disco que lhe agradava especialmente. Os primeiros acordes de *Danúbio azul* se fizeram ouvir. A pista de dança improvisada foi ocupada em dois segundos. Jeanne foi na direção de Mathias, estendendo-lhe a mão. Ele não se mostrara simpático com ela durante o espetáculo? E a aguardente de ameixa fazia sua cabeça rodar tão agradavelmente que ela julgava tudo permitido. Mathias a princípio recusou com educação, mas Jeanne insistiu, puxando-o pela mão até o meio dos dançarinos. Mathias enlaçou-a com o braço esquerdo, erguendo o direito para receber a mão da jovem. Puseram-se a valsar, mas diferentemente dos outros casais. Mathias fazia movimentos mais amplos, girava escorregando no ritmo, mal tocando em sua parceira, mas conduzindo-a com firmeza. Eles ocupavam um grande espaço e logo os outros pares deixaram a pista para observá-los. Jeanne parecia flutuar, leve e flexível, conduzida pela segurança e a destreza de Mathias. Estava radiante.

Em seu canto, de onde não se movera a noite inteira, Dan mordia os lábios até sangrar. Renée, a princípio cativada pelos dançarinos, desviara a atenção para Dan. O olhar turvo do americano sondava Mathias com avidez. O par rodopiava cada vez mais rápido. Jeanne sorria para Mathias, apaixonada. Mathias mantinha-se mais reservado; seu corpo se movia com elegância extrema, quase se aproximando da rigidez. Dan se perguntava onde se dançava daquele jeito. Não era perseguindo caudas de castor no cu do mundo que se aprendia a dançar como Clark Gable...

O ritmo da música acelera, aproxima-se o fim. Jeanne e Mathias rodopiam a toda velocidade. Ela não consegue parar de rir. Ele parece igualmente inebriado. Os olhos de Renée estão pregados no semblante de Dan, habitado por uma visão. A música termina com a ênfase característica das valsas vienenses. Os dançarinos se veem face a face, aturdidos, sem fôlego... E eis que Mathias executa um gesto estarrecedor. Saúda Jeanne, todo empertigado, os braços ao longo do corpo, e bate os calcanhares.

Dan se levanta e grita:

— Esse sujeito é alemão, esse sujeito é uma porra de um infiltrado!

Ninguém se mexe nem diz nada. E Mathias, em vez de tomar as coisas com sua habitual desenvoltura, mantém-se imóvel, surpreso. Contudo, antes que alguém tenha tempo de fazer qualquer gesto, ele se apodera de uma submetralhadora jogada em um canto. Mantém todo mundo na mira.

— Jeanne, dois cobertores. Berthe, meu casaco.

Jeanne não se mexe. Observa Mathias com olhos vazios. Berthe obedece.

— Dê tudo a Renée.

Berthe olha na direção da pequena, que acaba de se livrar dos braços de Ginette e já avança para ela. O rosto da criança reflete uma alegria feroz. A fazendeira hesita em obedecer a Mathias; faz um movimento de recuo diante de Renée, que lhe estende os braços para receber a trouxa.

— Para Renée — ordena Mathias em tom determinado.

Berthe entrega o fardo à criança. Renée o aperta contra si; todo o seu ser está tenso, totalmente pronto para viver a sequência dos acontecimentos. Os civis estão perdidos; ainda não se dão conta do que acaba de acontecer. Tudo foi muito rápido. No entanto, Mathias não é mais a mesma pessoa que brindava e brincava com eles ainda há pouco. Empunha uma arma apontada para eles; não tem mais nenhum sentimento. É uma máquina de matar. E, para aqueles que ainda não se convenceram, ele diz:

— Aquele ou aquela que se mexer eu mato, está claro para vocês?

Mathias observa uma expressão de ódio intenso irromper em certos rostos, expressão que parecia prestes a brotar há muito tempo. O do jovem Albert, de Françoise, do guarda rural. Por trás do terror que Mathias lhes inspira, há uma espécie de ódio latente, de fascinação mórbida. Pobre e velha humanidade! Mathias evita olhar os soldados; seria muito tentador liquidá-los ali, naquele momento. Jeanne continua prostrada, parece em outro lugar. Mathias experimenta uma curiosa sensação de serenidade, como se as coisas tivessem finalmente voltado à ordem. Ele representava um papel para aquelas pessoas, agora pode mostrar seu verdadeiro rosto.

Alguma cena se passa em sua cabeça, uma espécie de clique, de reflexo pavloviano diante de suas vítimas potenciais; está pronto para liquidar todo mundo, inclusive a velha Marcelle, inclusive o pequeno Jean e, até mesmo, sim, até mesmo Jeanne, se ela o provocar. Todos os seus miolos espalhados nas paredes do porão, seus corpos desmembrados amontoando-se uns sobre os outros, isso ele pode perfeitamente fazer acontecer. Aliás, é por um triz que não perfura Berthe com uma rajada de balas, porque ela segura Renée contra si e a impede de juntar-se a ele. Mathias atira para o alto e todo mundo grita. E eis que Jules se põe corajosamente diante de sua mulher.

— A menina ficará melhor aqui — diz calmamente.

Mathias não tem vontade de mandá-lo para o cemitério, mas ele não deve bancar o herói por muito tempo.

— Renée — chama Mathias.

Berthe afrouxa o abraço. A menina se desloca e passa por Jules, mas, no momento em que vai atravessar os três metros que a separam de Mathias, Dan a intercepta. Mathias aponta a arma para ele.

— Dan, solte-a — ordena Pike.

— Fora de questão. Peguei sua franguinha. Ele não partirá s...

Dan não tem tempo de terminar a frase; desaba, a testa perfurada por uma bala. Os civis berram. Renée corre para Mathias. No caos geral, Max se esgueirou atrás do alemão; este percebe e lhe dá um golpe no baixo-ventre com a coronha da submetralhadora. Max se curva, mas, ao cair, consegue desestabilizar Mathias, golpeando-o atrás do joelho. Mathias cai. Imediatamente os soldados se precipitam sobre ele; Treets o ataca com uma tora de lenha, os outros o moem de pancada. Renée se atira sobre o monte de homens, berrando. Pike a levanta e Berthe já está lá para acolhê-la. Renée se debate, tenta morder, arranhar. Jules precisa ajudar sua mulher a contê-la.

O tenente Pike tenta pôr ordem em suas fileiras. Os homens estão descontrolados; golpeiam Mathias no ventre, na cabeça, berrando palavrões. Pike saca sua pistola e atira para o alto. O corpo de Mathias é finalmente abandonado pelos soldados; seu rosto sangra muito; ele está inconsciente. Quando se dá conta, Jeanne vomita de asco. Pike revista Mathias, encontra a bainha presa na traseira de sua calça; tira a faca, examina-a, perplexo, depois a guarda novamente.

— Max, Treets, levem-no para a adega de vinhos. De madrugada, levantamos acampamento e o embarcamos.

Ninguém se mexe. Os soldados estão emparedados em um silêncio de ódio. Não longe deles, jaz o cadáver de Dan, os olhos arregalados congelados pela surpresa.

— Não ouviram? Mexam o rabo! — berra Pike.

— Esse filho da puta matou o Dan — deixa escapar Max.

Gritos de aprovação vêm de todos os soldados, e mesmo de alguns civis, como Hubert e o professor. Jules os observa. Hubert tem realmente um aspecto desagradável, é a primeira vez que Jules toma consciência disso, em quarenta anos que o conhece. O fazendeiro deve admitir que desconfiava um pouco de Mathias e não esperou que seu filho cagão fosse dedurá-lo. Soube quando Mathias apareceu pela primeira vez no depósito de lenha. Jules não saberia dizer o que o fez desconfiar. Era pura intuição, e ele agiu como se nada estivesse acontecendo; sentiu uma simpatia instantânea pelo sujeito. E não era só o fato de ele ter trazido a menina. Não, era gratuito. Jules esperava que ele partisse o mais rápido possível. Não teriam chegado àquele ponto. E Dan não teria tentado possuir sua filha.

O crápula jazia sob seus olhos, com a expressão ainda mais cafajeste do que quando vivia. E o alemão acabava de levar uma bela surra; bateram nele como animais, o que era repulsivo. Claro, ele era não só o inimigo, como um trapaceiro e mentiroso. Talvez merecesse a morte. Mas não aquilo. E Renée, que assistira àquela carnificina... Jules procurou-a com os olhos; estava sentada, recostada numa parede, sozinha, longe dos outros.

Jules tinha certeza de que, os soldados teriam liquidado o alemão se Pike não tivesse interferido. Werner, que sabia um pouco de inglês, traduziu as palavras do tenente: queria interrogar Mathias. Dizia que as informações que obtivessem podiam salvar vidas, que o alemão devia ser julgado na devida forma, porque afinal os bárbaros não eram eles. Disso, Jules não tinha tanta certeza. Arrastaram então Mathias para a adega, anexa ao espaçoso porão. Pike se fechou ali com o grande Max e os outros soldados saíram, exceto dois, que ficaram para montar guarda perto dos civis. Após alguns minutos, sussurros ressoaram no porão, logo formando um zumbido surdo.

— A judia que protege o boche... Já vimos de tudo — diz Hubert.

— É uma criança, além disso!

É Françoise quem fala. Lança olhares antipáticos para Renée.

— Desde o início acho ela estranha — repete Hubert.

— Acha realmente que ela sabia? — pergunta Sidonie.

— Claro que sabia — respondem em uníssono Hubert e Françoise.

— Ela não tinha ninguém — suspira Berthe, pensativa.

— Mas por que ele não a matou? — intervém Françoise.

Era a pergunta que todos se faziam. Era difícil imaginar o que acontecera entre aqueles dois.

— Ele sentiu pena, ora — replica Berthe. — Há uns que não são tão maus. E depois uma fadinha assim...

Um pouco à parte, Jules escutava a conversa. Sabia, por sua vez, que Berthe não tinha razão. Tampouco estava completamente errada. Mas a piedade não parecia ser um sentimento muito enraizado no alemão, e não era realmente o que Renée inspirava, por mais jovem que fosse. Aquela dupla estranha tinha outra história.

— Acham que vão matá-lo? — pergunta Sidonie.

— Espero que sim — arrota Hubert. — Se não for fuzilado pelos caubóis, será decapitado pelos Fritz.

— Decapitado?

Várias pessoas falam ao mesmo tempo.

— É assim que os alemães punem os traidores. — E Hubert acompanha suas palavras com um gesto evocador.

Renée ouvira tudo. Aliás, eles conversaram abertamente na sua frente. Decapitado, ela sabia o que significava. Imaginou Mathias de pé, sem cabeça, segurando-a em seu braço esquerda, como a imagem que vira de Guichard, irmão de Renaud de Montauban, um dos quatro filhos de Aymon, morto com a cabeça cortada. Era absurdo, evidentemente, um morto não fica em pé com a cabeça debaixo do braço. Mas Renée simplesmente não conseguia imaginar Mathias morto. Era impossível. Ergueu a cabeça e dirigiu um olhar à sua volta; aqueles que ela acabava de ouvir desviaram os olhos quando os seus cruzaram com eles. Topou com Ginette, que sorriu para ela. Renée preferiu a solidão ao calor dos braços da velha; precisava refletir.

13

Mathias emerge brutalmente do torpor. Pike e Max acabam de respingá-lo com água. Imediatamente todo o seu corpo se contorce de dor. Tem os punhos e os tornozelos imobilizados. Percebe que Pike está sentado no chão à sua frente, mas só o vê com um olho; o outro deve estar completamente inchado. Max se mantém de pé, próximo à porta.

Tudo certo, a conversinha pode começar. Os ianques vão conseguir o que querem, e rápido. Mathias realmente não tem nada a ganhar guardando qualquer informação para si. Reter informações só lhe proporcionaria golpes extras, e nenhuma chance de se safar se a ocasião se apresentasse. Vamos, Pike, pergunte o que quiser, vai ser bonito e não custará nada! Vamos, velho, aventure-se, é seu dia de sorte, talvez consiga uma promoção graças a mim. Porque certamente não é ficando escondido no calor desta fazenda enquanto os outros morrem que você passará a coronel! Um soco voa no queixo de Mathias; sua cabeça bate na parede atrás dele. Foi Pike quem golpeou. Mathias se dá conta de que pensou alto. E não foi uma boa ideia. Bom, uma vez que ninguém se decide a lhe fazer perguntas, ele se lança:

— Sou membro da Operação Greif. O idealizador e chefe dessa operação é o *Obersturmbannführer* Otto Skorzeny...

— Ah, não, esse não!

Foi Max quem falou, com um misto de admiração e terror.

Causa sempre boa impressão ser chapa do bom e velho Otto! Incrível como o sujeito é popular, mesmo entre os Aliados. Uma verdadeira lenda! Bom, estão esperando que o grande Max se recupere da surpresa para continuar. Mas Pike parece um pouco desorientado. O nome de Skorzeny não lhe diz nada.

— Ora, tenente, é o maluco que libertou Mussolini com um planador!

Em seguida, Max se volta para Mathias.

— Você fazia parte do plano? — pergunta, quase alegre.

— *Private Delgado!* — berra Pike.

Mathias fazia parte do plano, mas o mencionado Delgado não saberá nada disso. E Pike está se lixando. O rapto do *Duce* era uma malfadada lembrança, eles todos saíram aureolados de glória, semideuses aos olhos do povo e do *Führer*. No entanto, no que se refere a essa proeza, o mérito cabia muito mais aos paraquedistas do major Mors que aos combatentes do Cara Cortada.

— Eles são doidos, tenente, os homens do Skorzeny. Animais de guerra, cem por cento SS. Passam o tempo disfarçados e infiltrados nas linhas aliadas, surgem de lugar nenhum, matam como a gente mija, conversam como na torre de Babel, eles...

Mas Max não tem tempo de continuar sua descrição. Pike o arrasta para fora do porão, deixando Mathias sozinho. No entanto, Max acabava de fazer um resumo bastante exato do passatempo de Mathias desde a primavera de 1943. Foi, aliás, mais ou menos nesses termos que Skorzeny convencera Mathias, na noite em que se encontraram no hotel Adlon. Alguns dias antes, o SS ainda fora visitá-lo no treinamento. Mathias saía do chuveiro, toalha presa nos quadris, e começava a se barbear quando percebera o vulto alto de Skorzeny surgir da sombra e se refletir no espelho. Ele parecia sempre aparecer como mágica.

— O senhor é teimoso — dissera-lhe Mathias friamente.

— Não me canso de olhar para você — respondera-lhe Skorzeny, se aproximando. — É um espetáculo fascinante.

A luz crua dos néons tornava ainda mais profunda a cicatriz que lhe sulcava a face esquerda. Ele examinava Mathias da cabeça aos pés.

— Magro e esguio, ágil como um perdigueiro, resistente como couro e duro como o aço Krupp...

Skorzeny declamara como se fosse Goethe. Só o Bigodudo para imortalizar suas fantasias com comparações tão ingênuas. Esta, além disso, exalava curiosos relentos de homossexualidade recalcada, mas Skorzeny não era a pessoa mais indicada para evocar a sexualidade inconsciente do *Führer*. Aliás, Freud sendo judeu, o povo alemão fora isento do inconsciente, esse defeito repugnante que era herança das raças inferiores. O país podia ser qualificado de *Unbewusstfrei* — livre do inconsciente —, segundo o gosto pronunciado do nazismo pelos neologismos. Mathias terminou tranquilamente de se barbear. Skorzeny avançou para mais perto dele.

— A definição do perfeito ariano segundo o nosso *Führer*. Mas você é melhor que isso, Mathias.

O Cara Cortada observava-o com seus olhos magnéticos. Não havia o que dizer, aquele sujeito exalava alguma coisa, uma aura que não deixava ninguém indiferente. Mathias fugiu do seu olhar e enxaguou o rosto.

— Não vou me juntar a vocês, repito. Aqui me deixam em paz.

— Está livre esta noite? Vá ao Adlon. Haverá uma festinha em homenagem a Emil Jannings. Espero você lá. Às oito?

— Não gosto de frivolidades — replicou Mathias.

— Acredita nisso? — perguntou Skorzeny, com um trejeito insolente.

Mathias fora ao luxuoso hotel Adlon, brilhantina no cabelo, exibindo sua Cruz de Cavaleiro com folhas de carvalho. Abrira caminho na multidão com seu andar de fera, perfeitamente consciente do efeito que produzia sobre as mulheres e os homens, que paravam de falar à sua passagem. Alguns pares dançavam uma espécie de insípido tango nazificado; os olhares deslizavam sobre Mathias com a mesma moleza enjoativa que brotava da música. Era deprimente, mas aquela noite Mathias quase chegava a apreciar a atmosfera ao mesmo tempo rígida e relaxada daqueles saraus típicos do novo Reich, em que fantoches mascarados faziam caretas para fingir alegria, desejo, dignidade ou tédio. Inúmeras silhuetas robóticas esvaziadas de todo sopro vital. Era macabro e decadente, jubiloso e doentio. Mathias se juntou a Skorzeny, sentado sozinho a uma mesa em um canto escuro. O homem estava aureolado por uma espessa fumaça azul, consequência de seu consumo imoderado de cigarros. Duas taças de champanhe esperavam. Mathias mal se sentou, um garçom chegou e encheu as taças com o líquido borbulhante e dourado.

— A nós! — sussurra Skorzeny, erguendo seu copo.

Mathias o imita, sem dizer uma palavra.

— O vento está virando, Mathias. A Abwehr não está mais nas boas graças. A Gestapo está realizando uma investigação.

Daqui a poucas semanas, poucos meses, será o fim dos famigerados brandemburgueses.

A Abwehr, serviço de informações do Estado-maior de que dependiam os brandemburgueses, tinha à sua frente o almirante Wilhelm Canaris, um velho matreiro que não apreciava que metessem o nariz nos seus negócios. Canaris, além disso, não era o mais fervoroso dos nazistas. Fazia anos que a Gestapo e o Sicherheitsdienst, os serviços de informação da SS, tentavam desmantelar a Abwehr, em vão. Mas circulava que em breve a Gestapo iria anunciar a ruína da velha raposa. Os comandos de elite seriam dissolvidos e integrados na SS, o que Mathias se recusava a fazer. Skorzeny lembrou-lhe amavelmente que ele corria o risco de passar o restante da guerra como *sniper* no front russo se tivesse sorte, em um escritório atrás de um rádio se tivesse menos.

Mathias sabia de tudo isso. O Cara Cortada não tinha outra coisa na manga para convencê-lo? Mathias esvaziou sua taça de champanhe, olhou na direção da pista de dança. Uma mulher pálida com os cabelos pretos chamou sua atenção. Dançava com Emil Jannings, o ator robusto que festejavam naquela noite. Valsavam frouxamente; os lábios de Jannings moviam-se como um molusco pegajoso no ouvido em concha da jovem mulher. Ela tinha uma expressão cansada. A mulher percebeu o olhar de Mathias pousado nela e lhe dirigiu um esboço de sorriso desanimado. Skorzeny encheu os copos pela terceira vez, ofereceu um cigarro a Mathias, pegou um e acendeu os dois, manejando seu esplêndido isqueiro de ouro decorado com uma caveira incrustada de brilhantes. Skorzeny notara as trocas de olhares entre a mulher e Mathias.

— Paula von Floschenburg — disse. — Uma das viúvas mais ricas do Reich. Tenho um dossiê sobre ela. Ela poderia nos ser útil.

— Sem ser na cama, o senhor quer dizer?

Skorzeny contentou-se em sorrir, lançando um olhar calhorda para a jovem. Voltou a mergulhar seu olhar no de Mathias.

— Quero criar uma raça de guerreiros. Uma nova espécie de aventureiros de guerra. Um ser completo, inspirado e inteligente, intuitivo e organizado, um homem que pode surgir da água e cair do céu, um homem capaz de se diluir na multidão de uma cidade inimiga, dissolver-se nela... Um homem capaz de *tornar-se* o inimigo.

Esse novo guerreiro nada tinha de muito original para Mathias. Surgir da água, cair do céu, tornar-se o inimigo, era esse seu cotidiano havia três anos e tanto. Mas havia algo de perturbador no tom do Cara Cortada. A bela viúva terminara a dança e voltava à sua mesa. Passando perto, sua esguia mão branca roçou no encosto da cadeira de Mathias em uma carícia furtiva. A voz sedutora de Skorzeny acompanhou o gesto da viúva.

— Para esse novo homem, a própria guerra será um anacronismo. Ele estará *além* da guerra.

Os nazistas inflamavam suas fantasias; estavam completamente acesas. Isso os tornava a maior parte do tempo patéticos, às vezes sedutores. Skorzeny estava justamente nesse momento, com seu sorriso de chacal, seus olhos com as pupilas dilatadas que pareciam mergulhadas numa visão wagneriana. Na realidade, era Mathias que esses olhos contemplavam; era ele esse novo combatente inspirado, esse ser total, perfeito, definitivo, esse guerreiro "além da guerra". Era inebriante e ridículo ao mesmo tempo. Mas Mathias decidiu deixar-se inebriar, submeter-se ao desejo pueril que movia cada fibra do Cara Cortada, encarnar aquele sonho absoluto. E foi com um prazer quase carnal que escutou Skorzeny dessa vez.

— O que eu lhe ofereço não tem nada a ver com o que você conhece. Trata-se de uma aventura diferente, Mathias. Um sonho à sua altura, finalmente, à sua imagem.

Mathias esvaziou a quinta taça. A orquestra começou a tocar um tango mais vibrante. Ele apertou a mão de Skorzeny à guisa de assentimento, levantou-se, foi até a viúva e a levou para dançar. Ela não se revelou tão excitante na cama quanto na pista de dança, e Mathias abandonou-a antes do raiar do dia. Aquela mulher era tão triste quanto um tango nazista.

Uma semana mais tarde, ele prestou juramento na SS e mandou tatuar um número de matrícula sob o braço esquerdo. Igual aos judeus, ruminou. A elite tinha direito a esse tratamento, da mesma forma que a escória. Era de uma lógica implacável, na realidade: para que o jogo fosse perfeito, isto é, equilibrado, convinha que os bons e os maus existissem em espelho. Convinha que os bons *e* os maus *existissem*, pura e simplesmente. Os nazistas sonhavam banir os judeus da superfície da Terra, mas o aniquilamento do povo judeu acarretaria *ipso facto* o dos nazistas, uma vez que uma das principais razões de ser do nazismo era precisamente o extermínio dos judeus. O nazista puro só se define por seu contrário e sua negação, o judeu. Sem ele, retorna ao nada. Era vertiginoso, mas isso sem dúvida tinha o mérito de explicar por que escolheram uma coisa tão feia, dolorosa e infamante quanto a tatuagem de um número sob o braço como sinal de pertencimento à nata da sociedade, assim como à escória.

*

Pike volta à adega. Faz uma pausa antes de perguntar:

— Quem é a menina? O que está tramando com ela?

— Tem certeza de que quer saber? A Operação Greif é melhor.

— Sou eu quem faz as perguntas!

Pike inspira profundamente, senta-se num caixote de madeira.

— Deixaram ela com você, é isso?

— Sim, quando eu era americano.

— Você deveria tê-la eliminado. Não é o que vocês costumam fazer?

— Sim.

— Por que não fez isso?

Mathias gostaria de responder alguma coisa de sincero, de verdadeiro, que teria esclarecido a ele mesmo, mas é incapaz.

— Não sei — confessa.

Espera uma reação irritada do americano, mas este o observa com interesse quase piedoso. Esse Pike não foi feito para ser soldado. Poderiam tê-lo deixado tranquilamente exercer sua profissão em Minnesota, ensinar ciências nos colégios ou algo do gênero. Pike lhe falara do que fazia como civil, mas Mathias esquecera.

— Bom, desembuche sobre a Operação Greif — diz Pike, suspirando.

Mathias se ergue e começa a explicar: o número de infiltrados em missão, a ordem de conquista de pontes sobre o Mosa para facilitar o avanço das tropas regulares e lhes permitir alcançar a Antuérpia e os depósitos de combustível. Mostra as três rotas programadas em um mapa.

— Quais são as chances de a operação ser bem-sucedida? — pergunta Pike.

— Nenhuma — responde Mathias, com um sorriso. — Era só para impressionar.

Pike reprime um arrepio de pavor. Acende um cigarro, dá duas tragadas pensativamente.

— Não é o que você fez pela menina que salvará seu pescoço amanhã.

— Ah, é? Pensei que teria direito a uma medalha.

Pike ri.

— A maioria dos seus colegas prefere ser liquidado a dar informações. O que você quer?

Mathias fica paralisado ante a pergunta de Pike. O que ele quer? Sente-se mais esgotado que nunca. Já passou dos limites. Aquela guerra deixou de diverti-lo desde sua última infiltração na Resistência Francesa, quando teve de matar três adolescentes, dois garotos de dezessete anos e uma garota de dezoito, na praça de uma aldeia. Atirou pelas costas enquanto eles fugiam, sob o olhar da mãe dos rapazes, uma mulher de coragem excepcional que o hospedara e alimentara durante semanas. Nesse dia, ele refletiu que era indiferente viver ou morrer. No entanto, ninguém morre tão facilmente quando é um animal de guerra supertreinado. É mais forte que você. Renée veio bagunçar tudo. Ele voltou a querer viver, por ela e por ele. Por ele, com ela. Quer viver. É o que diz a Pike, que esboça um sorriso desolado, porque não é o que estava programado.

14

Foi preciso um tempo até Jeanne conseguir sair do torpor em que tinha mergulhado depois dos acontecimentos da noite. Após a espécie de dormência que se apoderara dela, vomitara muito. Seu espírito estava completamente vazio. Só o seu corpo era capaz de exprimir alguma coisa, sob a forma de uma bile ácida e ardente. Esgotada pelos espasmos, jazia sobre os casacos que lhe serviam de colchão, flutuando em uma semiconsciência em que as imagens daquela noite vinham se sobrepor às dos dias anteriores, em um balé nauseante e hipnótico: Mathias apontando sua arma para os civis, Mathias na cozinha na noite em que trouxera Renée, Mathias possuindo-a contra a parede do estábulo, Mathias ocupado em comer, falar, sorrir, andar, passar a mão em seus cabelos, não fazendo nada, assoprando seu café quente, apontando a arma para ela, sua nuca colada nela, seu cheiro, sua pele, a veia palpitante sob a epiderme... seus olhos frios, sua determinação em atirar, sua boca, contra a parede, contra a parede...

Um novo refluxo obrigou Jeanne a se levantar e se arrastar até o balde que Berthe instalara em um canto. Após cada acesso de vômito, sentia-se um pouco menos confusa, mas isso não durava. Dessa vez, foi fustigada por uma lembrança que ela reprimira: os golpes, a brutalidade dos soldados americanos com ele, os chutes, os socos em suas costas, em sua barriga. Foi precisamente nesse momento que começara a vomitar. Perguntou-se se ele ainda estava vivo. Todo mundo parecia querer sua morte. Era um alemão disfarçado. E daí? Era a guerra, o fim não justificava os meios? Ele enganara todo mundo. Bom, mas o que mais poderia fazer? Partir, isso ele poderia ter feito. Mas ele queria ficar. Jeanne gostaria de acreditar que era por causa dela. Mas era Renée que o prendia em sua rede. Parecia tê-lo enfeitiçado. E o conduzira à morte. Porque os americanos iam levá-lo e fuzilá-lo. Jeanne teve um surto de ódio brutal pela judia e logo se surpreendeu experimentando uma espécie de júbilo ao pensar na morte de Mathias. Quase imediatamente substituída por um desespero e uma fúria sinistros. Estava diante da velha Marcelle, que dormia como uma bem-aventurada, sem dúvida parcialmente preservada dos excessos de violência e das revelações bombásticas por sua surdez. Pelo menos era o que Jeanne esperava. Voltou-se, dando as costas para a velha, e se aconchegou na irmã mais nova. Quando ia fechar os olhos, percebeu uma sombra desaparecer no vão da escada.

    Mathias continuava a sentir dores no abdome e no olho esquerdo, mas os outros pontos estavam progressivamente anestesiados. Observava o reflexo da lua na estreita faixa de neve, perto da entrada do respiradouro. Ouvia o pio de uma coruja, mas nenhuma explosão, como se aquela noite de Natal houvesse inspirado uma trégua. Em breve sairia e poderia esticar as pernas. Talvez fosse lá que tudo devia acabar, no lugar para onde os americanos o levariam. Se encontrassem seus compatriotas naquele caos.

Mathias fora pego como um principiante. Saudação rígida e estalo de calcanhares. Parecia Erich von Stroheim no filme francês que ele vira em um cinema parisiense logo antes de ser proibido por Hitler. Só lhe faltara o monóculo. Pôs-se a rir bem alto, rememorando a valsa com Jeanne: a gente se julga invencível, acha que agrada, estremece ao sentir os olhos voltados para si, relaxa durante um segundo, e então o corpo recupera alguns velhos automatismos que você julgava banidos. Você foi pego como um rato. No fundo, era impossível renegar completamente suas origens. A boa educação, o clube, os torneios de esgrima, os bailes, tudo exala de você e te acompanha até o túmulo. Alguns anos brincando de Davy Crockett e de espião não mudavam muita coisa. *A grande ilusão* era o título do filme...

Mathias deveria ter desconfiado de Dan. Subestimara sua intuição e seu ciúme. Ou ficara velho demais para aquele jogo de enganação? Tinha apenas trinta e cinco anos, mas Chihchuchimâsh lhe dizia sempre que ele nascera com uma alma velha.

Ele não devia ser o primeiro a ver sua vida se interromper no momento em que ganhava sentido. Isso era inclusive tão clichê que chegava a ser engraçado. Perguntou-se se Chihchuchimâsh enxergava algo mais claro a seu respeito, uma imagem diferente de um sujeito sem rosto. Ela continuava viva? Percebeu que era a primeira vez que se fazia essa pergunta. Crac já tinha nove anos quando Mathias o deixara na aldeia. Tinha sem dúvida se juntado aos seus ossos na terra, naquele momento. Quanto a seus pais, Mathias não fazia a menor ideia do paradeiro deles havia mais de um ano. Sua irmã lhe dava regulamente notícias por carta, e um belo dia as cartas pararam de chegar. A última vez que Mathias vira sua mãe fora por ocasião de seu ingresso na SS, na primavera de 1943. Quando ele lhe comunicara o fato, ela respondera em francês: *"Pour ce que ça change!"** e retornara ao seu tricô, suéteres que ela destinava a uma instituição que ajudava os órfãos de guerra. Ela se tornara amarga e flácida, e ele tivera dificuldade em beijar suas faces murchas no momento de se despedir. Ela o pegara pelos ombros e o fitara sem dizer nada. Ele vira o olhar terno se acender bruscamente, sob o efeito de um fugaz sobressalto de amor materno, e depois recuperar sua alvura fosca e severa.

Mathias ergue a cabeça para o respiradouro; ouviu pequenos ruídos, como os arranhões de um roedor. Uma mãozinha gorda arranca a grade já rasgada que veda o respiradouro. Mathias põe-se de pé, saltita até a parede à sua frente. Logo aparece o rosto de Renée.

— O que está fazendo aqui?!

— Arrancando a grade. Quero descer.

— Nada disso! Volte para o porão!

A menina continua firme em sua tarefa, como se não tivesse ouvido. A entrada do respiradouro está quase livre.

— Renée! Faça o que eu digo!

Mas ela já se esgueirou na abertura; suas pernas pendem no vazio. Mathias fica furioso, mas não tem outra escolha senão ampará-la antes que ela caia. Ele se aproxima e gruda as costas na parede. Renée apoia os pés sobre os ombros de Matias, depois se agacha; deixa-se em seguida escorregar ao longo do corpo

---

* "Como se fizesse diferença!" (N. do E.)

do alemão, ágil como um macaco. Mathias já não é capaz de se zangar. Aquela criança lhe insufla uma força, um elã vital, um gosto novo pela existência que o galvanizam e o subjugam mais intensamente do que tudo que ele julgava ser os motores de sua vida: o transe do combate, a iminência do perigo, a paixão do risco e o medo da morte.

Renée está diante de Mathias e vê os seus ferimentos. Esquadrinha seu rosto ensanguentado e inchado durante alguns segundos que parecem infinitos. Mathias tem um pouco a impressão de ser o Cristo diante de santa Verônica durante o calvário. Mas Renée muda bruscamente de expressão. Põe-se a desabotoar seu casaco, enfia a mão sob seu suéter, pega a faca de Mathias na bainha. Renée retira lentamente a longa lâmina do estojo; o aço reflete um brilho puro e intenso quando a criança o revira orgulhosamente diante do rosto. Se tiver de morrer amanhã, será essa imagem que Mathias carregará. Nada, absolutamente nada em sua vã existência o torna digno da graça que Renée lhe concede ao elegê-lo. Sente-se subitamente frágil e desprezível, feio e insignificante. Desvia os olhos e logo se detesta por esse gesto. Renée se debruça sobre os punhos imobilizados de Mathias e se prepara para cortar a corda.

— Não! Eles não podem me encontrar solto. Recoloque a faca na bainha.

Renée obedece. Está um pouco triste por não poder romper aquele elo, ela mesma libertar seu soldado. Viu-se fazendo esse gesto cem vezes desde que recuperou a faca no porão, onde o imbecil do tenente Pike a deixara jogada. Mathias pega a arma das mãos de Renée, se abaixa e enfia a bainha em sua botina.

— Agora você tem que ir — diz.

Renée concorda com a cabeça.

— Você precisa apagar seu rastro na neve. Como fazíamos para a lebre.

A menina ergue a cabeça para ele.

— Eu sei.

Mathias se aproxima da parede e se posiciona para fazer a escadinha.

— Como é seu nome verdadeiro? — pergunta Renée.

Momento de indecisão. Seu nome. Seu nome verdadeiro. Mathias parece incapaz de soletrar as sílabas. Mudou tantas vezes de nome depois da guerra. E antes disso usava um nome índio, um nome que queria dizer alguma coisa, um nome que não mentia, o único que ele usou com prazer. Seu nome, seu nome verdadeiro, como diz Renée, não significa mais nada.

— Mathias. Mathias Strauss — responde sem convicção.

Ela repete baixinho o nome uma vez, duas vezes, três vezes, depois o sobrenome, e de novo o prenome seguido pelo sobrenome. Mathias Strauss. Em seguida, ergue o rosto para ele.

— Sabe, Renée não é meu nome verdadeiro. Mas o outro eu não sei mais.

Como não pensara nisso? Como não pensara nisso desde que a conhecia? Chamava-se Mathias Strauss e isso era importante, era o nome que seus pais lhe deram, era o nome pelo qual ele respondia aos seus amigos, à sua família. Todas essas malditas considerações egoístas e sua vida de trapaça não mudavam nada. Mathias Strauss era ele e ninguém mais. Teria dado qualquer coisa para descobrir o nome da menina. Divertiu-se imaginando uma palavra cheia de consoantes ásperas, feminina e forte, desdobrando seu cortejo de poderosas figuras bíblicas. Esther, Deborah, Sarah, Judith, ele se pergunta se existia em hebraico um prenome que tivesse o mesmo sentido de Renée, "a que nasceu duas vezes". As línguas indígenas forneceram dezenas. No fim das contas, talvez ela se chamasse simplesmente Lucienne ou Janine, mas então por que mudar?

Estendeu para Renée suas mãos cruzadas para ajudá-la a subir. Ela se elevou ao longo de seu corpo. Ao chegar perto do rosto, Renée parou por um breve instante. Mathias reencontrou com emoção o cheiro tão delicado da menina, com seu aroma de talco de bebê. Ele a impulsionou para cima. Renée se pôs de pé nos ombros do alemão, depois se agarrou à moldura de metal do respiradouro e se içou para fora. Dirigiu-lhe um último olhar antes de desaparecer.

O dia estava prestes a raiar. Mathias agora possuía uma faca em sua botina, e não qualquer faca, aquela que tinha seu nome índio gravado, aquela com a qual matava muito. Tentou dormir um pouco, era a melhor coisa a fazer antes da partida. Resolveria como agir no devido tempo. Conseguiu cochilar durante uma hora, antes de ser despertado por um tumulto atrás da porta. Os ferrolhos rangeram, uma chave rodou na fechadura e Pike entrou, ladeado por Treets e Max. Treets se aproximou de Mathias, ordenou-lhe que levantasse. Verificou suas amarras e o revistou. Mal. Não notou a faca enfiada na bota. Fizeram Mathias sair da adega. Todos os civis estavam acordados. Mathias sentiu os olhares pesados de censura, ódio, incompreensão. Cruzou os olhos de Jules, que exprimiam antes uma espécie de simpatia mal dissimulada; pareciam dizer: "Você é um patife, mas gosto muito de você, é mais forte do que eu". Quanto a Jeanne, tinha os traços tão desfigurados, tão cansados... parecia ausente de si mesma. Mathias não conseguia adivinhar o que a inspirava.

Pike agradecera a Jules e aos civis pela hospitalidade. Aquela acolhida parecia natural para os jovens ianques que bancavam os heróis, mas não era o caso. Pike sabia disso. Era um homem educado. Os dois feridos se juntaram à tropa. Não estavam em condições de se arrastar pelos bosques sob dez graus negativos, mas Pike decidira que não deixaria os estropiados para trás. Se os alemães os encontrassem, os civis estariam em perigo, sem ninguém para defendê-los. Pike se parecia cada vez mais com Ashley Wilkes em... *E o vento levou*, o homem que não recua diante de seu dever de soldado, mas suficientemente nobre, suficientemente íntegro para julgar-se no dever de fazer a guerra. Esses tipos geralmente têm um parafuso a menos, a ponto de virarem um traste quando voltam ao seu país. A mulher e os três filhos de Pike iam gostar se ele voltasse vivo para eles.

Mathias ainda não percebera Renée. Treets o empurrou rudemente para que ele avançasse. O alemão se voltou e dirigiu-lhe um olhar mortífero. Por fim, viu a menina, sentada ao lado de Ginette. Renée se levantou e foi se postar diante de todo mundo, de frente para Mathias. Entreolharam-se por um momento. Ninguém ousava dizer uma palavra, mal se respirava diante daqueles dois. Jeanne se lembrou da primeira vez que os vira. Dois animais selvagens. Pike resolveu romper o silêncio. Saíram do porão.

15

Depois que os soldados saíram, um murmúrio se ergueu. Os civis tinham novamente necessidade de dar asas à sua indignação. E começaram a falar e repetir coisas já ditas. Fizeram perguntas já feitas, soltaram exclamações já emitidas mais cedo. Aquilo fazia bem, o tempo passava, esqueciam a fome e o frio, e não custava nada. Hubert alegrava-se com "a partida do Fridolin". Werner achava-o "bizarro". Françoise não gostava de sua "cara esquisita" e se odiava por não ter desconfiado de alguma coisa. Todos esqueciam que, poucas horas antes, Mathias era o mais "encantador", o mais "elegante", o mais "solícito", e olha como ele dança bem, e como Jeanne parece contente, e não é adorável como ele trata a pequena? Ah, se pudessem todos ser como ele, aqueles americanos grosseiros! Jules se continha para não refrescar a memória de todos. Hubert se debruçou e fez um megafone com as mãos com ar conspirador.

— Com alguns anos a mais, ela teria feito um boquete — murmurou, apontando Renée com a cabeça.

Jules partiu imediatamente para cima dele, os punhos cerrados.

— O que você disse? Não ouvi direito...

— Nada — resmungou Hubert.

— Ah, achei que não foi nada mesmo...

E pensar que Jules teve de conviver com aquele idiota sem perceber que era um merda. Sem dúvida, Hubert não teria visto nenhum mal em que Jeanne também fizesse um boquete por ter dançado com o alemão. Enfim, dançado... Jules não nascera ontem; conhecia suficientemente a filha para desconfiar de que ela descobrira outros talentos em Mathias além do dom para a valsa vienense. Teriam de pensar em garantir o silêncio de Hubert quando aquela guerra finalmente terminasse. Jules foi se sentar mais longe. Todos conservaram o lugar que ocupavam depois da chegada dos americanos. Observando seus hóspedes, Jules percebeu que faltava alguém. Gritou:

— Alguém viu Philibert?

Fez-se silêncio. Espiaram à direita e à esquerda, chamaram. Nada de Philibert. Mas não fizeram um drama. O rapaz tinha o hábito de ir e vir como bem lhe aprouvesse, com guerra ou sem guerra. Devia ter evaporado durante a confusão em torno do alemão. Voltaria quando lhe desse na cabeça. Ou quando precisassem dele.

Renée voltara a se instalar junto a Ginette, a única pessoa pela qual a garota não se sentia julgada. Ginette a vira se esgueirar no porão dos soldados e se apoderar da arma de Mathias, no nariz e na barba de Pike, que discutia com um de seus homens. Observara-a deixar o porão para ir ao encontro do seu soldado, a arma escondida sob o casaco. E, ao cabo de alguns minutos, a criança retornara para se aconchegar junto dela e lhe dissera:

— Sabe, Mathias vai voltar para me buscar.

O tenente abria a marcha, Mathias vinha em seguida, ladeado por Max e Treets. Macbeth e quatro soldados ocupavam o meio da fila. Os dois feridos se arrastavam penosamente na rabeira da tropa. Fazia um frio de matar, com o vento do norte infiltrando-se sob as roupas e açoitando os combatentes até a espinha. Mathias vestia apenas camisa e paletó; o sangue circulava com mais dificuldade em suas mãos e braços por causa das cordas nos pulsos, que Treets tomara o cuidado de apertar antes da partida. Era bem vigiado pelos dois boçais, que não despregavam os olhos dele. Caminharam duas boas horas antes de fazer uma pausa. Mataram a sede e acenderam cigarros. A tensão relaxou e Mathias aproveitou para amarrar os sapatos, o que lhe permitiu recuperar sua faca, que esgueirou sob sua manga. Seguiram adiante, mas não demoraram a parar novamente, em virtude de um barulho de motor bem próximo. Pike fez sinal para se abrigarem. Dispersaram-se. Max e Treets arrastaram Mathias para trás dos arbustos. Dois jipes alemães passaram por uma estradinha que margeava a floresta. Quando o último veículo saiu de seu campo de visão, os soldados deixaram seus esconderijos. A fila voltou a se formar, agora, porém, com Mathias e seus dois guardas fechando o comboio.

Mathias tropeça, esbarra em Max e cai em seus braços. Treets pergunta a Max se está tudo bem, pois este faz uma cara estranha. Mathias se desvencilha do soldado, amparando seu ombro com uma das mãos, em um gesto solícito; a outra mão puxa a lâmina da faca de seu abdome. Treets não tem tempo de fazer um gesto ou chamar alguém, desaba, a faca cravada na garganta. Mathias recupera sua arma e a põe entre os dentes. Agarra-se ao primeiro tronco de árvore ao seu alcance e sobe nele a toda velocidade.

Encabeçando a marcha, Pike para. Volta-se, examina os bosques. Chama por Max, mas não obtém resposta. Retorna sobre seus passos, seus homens o imitam. Na beirada da trilha, atrás das moitas, descobrem os corpos de Max e Treets, banhados em sangue. Treets ainda não morreu; mucos e bolhas escuras fervilham em seus lábios. Ele quer falar. Pike se abaixa, ampara-lhe a cabeça. Os olhos do moribundo giram pela última vez nas órbitas, depois congelam. Pike pousa suavemente sua cabeça, levanta-se. O tenente e o restante da tropa seguem as pegadas na neve, as quais se interrompem bruscamente, como se o sujeito tivesse voado. E nenhuma outra pegada em um raio de vários metros.

Pike olha para os galhos altos das árvores ao redor. Ele não está tranquilo e volta a pensar no que o pobre Max lhe dizia sobre os homens de Skorzeny antes que ele o botasse para fora do porão. Sua descrição quase entusiasta das façanhas daqueles filhos da puta disfarçados o chocara profundamente. Mas Pike não acreditara. Deveria tê-lo feito: Max e Treets ainda estariam vivos. Pike percebe que Macbeth lhe crava um olhar cruel: acha que deveriam ter liquidado o boche em vez de lhe oferecer um passeio saudável. De toda forma, como diabos ele arranjara aquela faca? E como fora capaz de escalar um pinheiro daqueles, sem galhos baixos, que não oferecem nenhuma saliência onde se agarrar? Se todos os coleguinhas do Fritz largados nas estradas com uniforme americano fossem Batmans como ele, talvez devessem se preparar para o pior. Pike acreditara em Mathias quando ele asseverara que a Operação Greif era uma bravata. Não tinha mais tanta certeza quanto à boa-fé do alemão.

Mathias observava-os do seu pinheiro. Via Pike ruminar sem conseguir tomar uma decisão, como sempre. O que poderia fazer, exceto ir embora? Se decidissem ficar de sentinela debaixo da árvore, Mathias teria de matar todos os seis, caindo em cima deles de surpresa. Isso não seria problema para ele. Vamos, Pike, você está me fazendo perder tempo! O tenente suspirou e terminou decidindo ordenar a seus companheiros que seguissem adiante.

Nos porões da fazenda, Jules voltara a impor a lei. Françoise ficara histérica só de pensar que os alemães iriam chegar e topar com Renée, e suas angústias eram alimentadas pelas indiretas não só de Hubert, como do professorzinho. Quando Berthe tentou acalmar os ânimos observando que não estava escrito "judia" na testa de Renée, Werner lhe retorquira que os boches tinham um faro infalível para reconhecer um judeu e que todos haviam de convir que Renée não fazia o tipo das Ardenas. Jules desferiu um soco no maxilar de Hubert, ameaçou escorraçar Werner e Hubert e eles terminaram por se calar. Autorizaram as crianças a brincarem no pátio, sob a vigilância de Jules, sentado na escada externa.

Renée vai até a estrebaria, onde Salomon a recebe com um relincho. A menina descansa a cabeça no flanco do animal, se aquece no torso musculoso. Usufrui plenamente daqueles minutos de solidão, longe dos outros, que falam demais. Imagina Mathias caminhando com os americanos. Sua faca está bem escondida em sua botina. A floresta é seu reino. Foi espancado, seu rosto está estropiado, mas seus recursos são imensos. Renée fecha os olhos e o rosto do alemão aparece, com aquela expressão enigmática na qual a criança aprendeu muito rápido a decifrar os movimentos da alma. Envia-lhe toda sua força, sua determinação, sua confiança. Renée está absorta demais em sua prece muda para ouvir os berros de Jules com as crianças, os motores do jipe e do blindado que invadem o pátio, depois o martelar das botas e os gritos. Ainda habitada por sua visão, ela se dirige lentamente para a porta da estrebaria, abre-a. Os civis estão alinhados na escada do pátio, mãos na cabeça. Estão emoldurados por uns quinze soldados. Renée fica paralisada. Precisa fazer meia-volta, mas é tarde demais. Dois soldados voltaram a cabeça para ela. Felizmente, ela não faz nenhum gesto de medo ou recuo. Por um brevíssimo instante, cruza o olhar com o de um homem na escada; ele se veste de modo diferente dos outros e não usa capacete, mas um quepe. Deve ser o chefe. Renée atravessa o pátio num passo firme e se alinha junto aos civis. Albert dispara contra ela:

— Seus amigos vieram fazer uma visita.

Em vez de responder, Renée lhe dá um pontapé na canela. Na escada, o oficial da SS continua imóvel. Limita-se a desfechar seu olhar frio contra os civis. A velha Marcelle desmaia. Berthe corre em sua direção, mas um soldado ladra uma ordem. Ela volta ao seu lugar. O oficial põe-se finalmente a falar, em francês:

— Vocês têm cinco minutos para deixar a fazenda. Os que não forem embora serão eliminados.

Sons de pavor. O SS consulta seu relógio. Werner avança, mãos erguidas, indicando que deseja falar. O oficial lhe dirige um sinal cansado, significando que escuta.

— Aqui há crianças e velhos — Werner diz em alemão —, os porões são amplos, há lugar para todos. Solicitamos autorização para ficar.

O oficial o observa com um pouco de interesse. Enfim um belga que fala alemão perfeitamente. Coisa rara naquele maldito recanto perdido, que no entanto devia contar com alguns germanófonos. Os olhos do SS estudam alguns rostos, o da bela garota com semblante orgulhoso, o do sujeito forte que se parece com ela e deve ser seu pai. E o da menina com cabelos e olhos bem escuros. Aquela que saiu dos estábulos, sozinha... Uma decisão, o oficial precisa tomar uma decisão. Fuzilar todos, sem sequer lhes dar a opção de partir? Como naquela aldeia de nome impossível, Prafondy... Pardron... Parfondy... enfim, naquela fazenda onde liquidaram bem uns trinta? Deixá-los viver, como baratas apavoradas, enquanto ele e seus homens se instalam nos porões, que são amplos, disse o outro? Faz realmente muito frio. E seus homens e ele estão na estrada há horas. Os dedos do pé do oficial estão quase insensíveis dentro de suas botas altas de couro. Ele observa as mãos dos civis, trêmulas, miseráveis, acima das cabeças curvadas. Aquela imagem mais do que familiar o mergulha em um tédio profundo. Mas os gritos e corpos que desabam sob as balas após se borrarem de medo o cansam da mesma forma. Depois de todos aqueles anos, uma única coisa ainda tem capacidade de fazer vibrar uma corda dentro dele, arrancar-lhe um segundo de emoção. É aquela facilidade com que ele pode impor a morte. Ou preservar a vida. Uma só palavra, um gesto, e pronto. É tão simples quanto acionar um interruptor. Clique: luz. Clique: trevas. Clique. Ok, vamos às baratas vivas.

— Muito bem — ele diz meio a contragosto —, vocês ficam. Mas com a condição de que cuidem da comida e fiquem onde mandarmos.

E tudo recomeçou da mesma forma que ocorrera com os americanos. E com outros alemães antes deles. A revista interminável da fazenda enquanto tiritavam do lado de fora, as mulheres tendo que cozinhar com quase nada. Mas dessa vez o SS requisitara o grande porão para ele e seus homens; os civis deviam se contentar com o pequeno porão, onde os americanos ficaram. E tiveram de ceder a maioria dos cobertores e colchões aos alemães.

Era a terceira vez que Renée se via tão perto deles, contando o dia em que estava na casa do padre e eles desembarcaram em Stoumont. Portanto, até ali apenas os entrevira, vultos de capacete e botas, sem rosto, evoluindo como vários membros num só corpo, o ritmo espasmódico de berros provenientes de uma cabeça que nunca se via. Dessa vez, a cabeça era bem visível. O oficial dava suas ordens, deslocava-se com fastio e observava tudo com um misto de tédio e asco. A maioria dos soldados tinha o ar cansado e os nervos à flor da pele. Falavam alto, riam muito, mas sem alegria. Renée esticava o ouvido para as conversas dos soldados; sua língua, assim falada e não ladrada, mexia alguma coisa dentro dela e lhe proporcionava um efeito apaziguador. Como quando ouvira Mathias falar alemão na floresta.

Jeanne chega ao porão, desfigurada de pavor.

— O oficial. Ele quer que as crianças subam.

Françoise dá um grito dilacerante. As crianças se encolhem junto às mulheres.

— Por quê? — pergunta Sidonie.

— Para comer — responde Jeanne.

As crianças arregalam os olhos diante dessa perspectiva, embora saibam que a refeição continuará tão magra quanto as anteriores. Os adultos estão perplexos. Os olhares se voltam para Renée. Resolvem deixar que elas subam.

16

Na cozinha, o oficial está sentado à mesa, diante de um prato vazio. Ele acredita que o caldo ficará em seu estômago, que está muito frágil. As crianças entram no cômodo acompanhadas da garota bonita, completamente assustada. Os pequenos se sentam e não tiram os olhos do tampo da mesa. O oficial ergue a mão para o soldado atrás dele, que traz alguns pratos cheios do mingau de sempre e os deposita na frente das crianças. Mas elas não ousam se servir; não há talheres. É o pequeno Jean que se lança primeiro. Mergulha os dedos no prato, recolhe a mistura e a leva gulosamente à boca. O oficial sorri, incentivando com um gesto as outras crianças a o imitarem. O alemão observa cada rosto com atenção, detendo-se no de Renée. Jeanne continua ali, dois passos atrás das crianças. Tem os olhos pregados no alemão; seu coração bate compulsivamente. Ela tem a impressão de que suas palpitações são visíveis; fica pálida quando os olhos do oficial apontam para ela.

Renée continua a comer calmamente. Ergue os olhos e encontra por um segundo com os do oficial. Seu instinto lhe diz que é preciso enfrentar seu adversário com naturalidade, como se não tivesse nada a se censurar. Consegue até mesmo esboçar um sorriso, antes de voltar a mergulhar no prato. Os cereais grudam em seus dentes. Sua garganta está tão contraída que ela mal consegue engolir. Percebe nitidamente que o oficial não desgruda os olhos dela. Ela está como no monte de carvão, acuada pelo raio ofuscante da lanterna. Os olhos do oficial a acuam também. Algo sob a superfície das coisas. Mas Renée sente que aqueles olhos cinza desbotados são mais eficazes que uma lanterna; terminarão encontrando o que procuram. Eles deslizam sobre suas feições, seus gestos, quase com fascinação.

Renée ouviu a conversa dos adultos a respeito do faro infalível dos alemães para detectar judeus. Pergunta-se quais sinais são suscetíveis de traí-la e, entre esses sinais, aqueles que está em seu poder esconder do oficial. O medo continua sendo um indício importante, disso ela tem certeza. E esse indício Renée tem a capacidade de fazer desaparecer. Empenha-se nisso com toda a sua força, engolindo seu mingau, fingindo apetite, trocando olhares coniventes e descontraídos com Louise. O oficial finalmente sai de sua contemplação. À queima-roupa, pergunta a Louise:

— Como é seu nome?

— Louise Paquet — ela responde com segurança. — A fazenda é do meu pai — acrescenta com uma pitada de desafio.

Jeanne dá um passo à frente e pousa uma das mãos no ombro de Louise. O oficial sorri para ela. Em seguida, faz a mesma pergunta a Charles, Jean, Micheline. A menina permanece silenciosa; não parece sequer ter ouvido a pergunta. Louise fala em seu lugar. O oficial olha então para Renée e pergunta seu nome. Sua voz é diferente dessa vez, mais suave, tentando parecer reconfortante. Renée engole seu bocado, olha-o nos olhos e responde:

— Eu me chamo Renée.

Que olhos! Escuros. Matreiros. E os traços, as maçãs do rosto salientes, a boca volumosa, o nariz forte. Não é adunco, mas bem presente, as narinas dilatadas. Interessante. E o que ela fazia naquele estábulo? Ela poderia ser uma. Uma judia milagrosamente viva naquele canto esquecido. A criança sabe que está sendo observada, mas conserva uma calma nobre. Sustenta o olhar do SS com sangue-frio. Atua bem. Mas ele não é burro. O oficial sente sua testa bruscamente tomada pelo suor. Quantos espécimes dessa raça conseguiram passar pelas malhas da rede e se entocar como ratos em porões como este? Quantos crescerão e se multiplicarão, enquanto a Alemanha vê os próprios filhos agonizarem sob as bombas? O SS se levanta bruscamente e faz um sinal com a mão.

— Vamos, *raus*, todo mundo para fora!

Jeanne corre para tirar as crianças do cômodo.

Descendo a escada, Renée se sente subitamente invadida por um grande cansaço. Gostaria de fugir, deixar aquele lugar, refugiar-se na cabana. A encenação é muito difícil, ela se sente pesada. Vai se sentar ao lado de Ginette, mas nem mais a benevolência da velha é suficiente para tranquilizá-la. Os outros a mantêm distância, como se ela fosse vítima de uma doença contagiosa. Alguns fazem isso sem querer, sem sequer perceber. Berthe evita seu olhar; até mesmo Jules quase não lhe dirige mais sorrisos ou piscadelas. Ela os compreende; ela põe todos em perigo. Eles morrerão, aconteça o que acontecer, Renée fique ou se vá. Sua presença entre aquelas pessoas basta para condená-las. Os alemães castigam aqueles que ajudam os judeus. Renée pensa na morte dos civis com um sentimento de tristeza vaga e neutra. Perdeu a empatia, está vazia, depois que seu soldado foi levado. Pela primeira vez, Renée considera muito seriamente a morte de Mathias. E a sua. Continuar a encenação sem ele não a diverte.

Ao anoitecer, os alemães, que estavam acomodados principalmente no primeiro andar, voltam ao porão. Dois soldados trazem uma grande poltrona com encostos laterais encontrada no salão e a instalam num canto, pensando em seu superior. O oficial vai vasculhar a pilha de discos, escolhe um e o coloca no gramofone. A voz de Édith Piaf toma conta do porão. Em vez de relaxar a atmosfera, a música, ao contrário, cria um mal-estar suplementar. E Jules rumina que é capaz de detestar Piaf para sempre por causa daquela noite. O oficial senta na poltrona, cantarolando. Um soldado lhe traz um copo de vinho; Jules foi obrigado a dar algumas excelentes garrafas que escondia atrás de uma parede da adega. Os soldados bebem sem moderação; estão se lixando para apreciar os velhos borgonhas. Precisam alterar sua consciência, se perder, ou talvez se reencontrar um pouco entre duas fatias de guerra. A embriaguez não demora a surgir entre aqueles homens esgotados. Cantam altíssimo, alguns esboçam uns passos de dança, cambaleando. O oficial não sabe beber. Seu rosto se entristece a cada novo gole; acontece-lhe de explodir em um riso sinistro e depois logo mergulhar em um silêncio melancólico e inquietante. Os civis não conseguem dormir. Micheline volta a chorar. Tentam fazê-la calar, distraí-la, mas ela chora cada vez mais alto. O oficial irrompe no porão, com sua arma apontada para os civis.

— Silêncio! — berra.

Todo mundo se cala e se imobiliza, exceto Micheline. A situação multiplica sua aflição, aumenta seu pânico. Ela chora ainda mais alto; soluços violentos e ruidosos a sacodem. Está no colo de Sidonie, impotente.

— Faça essa criança se calar imediatamente! — volta a rosnar o oficial.

Mas Micheline agora emite gritos dilacerantes. Sidonie tapa sua boca com a mão, mas a menina se desvencilha. O oficial arma sua pistola, aponta calmamente para a cabeça de Micheline. O semblante de Sidonie se decompõe. O oficial vai atirar, mas um corpo se interpõe entre ele e seu alvo. É Jeanne, que está de costas para ele e se debruça para tirar Micheline dos braços de Sidonie. A jovem se levanta, com a criança nos braços, e encara o alemão. A arma continua apontada para a cabeça da pequena. O oficial hesita, depois termina por baixar sua Luger. Jeanne passa à sua frente e atravessa correndo o grande porão. Sobe a escada, imediatamente seguida por um soldado. O oficial continua junto aos civis. Contempla os rostos com desprezo. Seu olhar se detém no de Renée, sentada ao lado de Berthe.

— É sua filha? — pergunta a esta última.

— Não — responde Berthe. — Renée perdeu a família em Trois-Ponts. Veio com o professor.

O alemão dá de ombros e vai afundar em sua poltrona, pega uma garrafa do chão e dá longas talagadas no gargalo. Com o professor! Aquelas pessoas não perdem por esperar. De manhã cedo, clique! Trevas. Mas agora está cansado demais e bêbado demais. Precisa dormir. Ao menos cochilar por algumas horas. Há dias em que ele não prega o olho. Alguns soldados continuam a bramir estúpidas canções lascivas. Não faz muito tempo, teriam sido punidos por isso. Calem a boca!, o SS berra. Os soldados se calam. Pobres sujeitos famintos e amedrontados. Entre eles, há dois que mal têm quinze anos. Olhos esgazeados, cheios de angústia, mas também de coragem e fervor. São eles os heróis da Alemanha. Os sacrificados pela grande vitória final. Mas o SS sabe que não é mais nada disso. O fim está próximo. E aqueles homens que cantam e riem estão agora como os hoplitas de Leônidas, prontos para cair diante dos exércitos de Xerxes, aureolados de glória pelos séculos dos séculos. Se o Reich não pode sobreviver, que saiba morrer, é mais ou menos o que diz um dos últimos discursos de Goering. Cabe à SS orquestrar essa queda, esse apocalipse sem precedentes na história. Um desaparecimento sublime e terrível, que ficará para sempre gravado nas memórias. Uma lágrima brota sob a pálpebra semicerrada do oficial. Ele entoa baixinho uma canção: *"Wo wir sind da geht's immer vorwärts, und der Teufel der lacht nur dazu, ha, ha, ha, ha, ha! Wir kämpfen für Deutschland, wir kämpfen für Hitler..."*,* logo seguido por alguns homens. Mas o "canto do diabo" é rapidamente substituído por outros menos solenes. O oficial deixa rolar. Um soldado acaba de vomitar sobre seu vizinho; um mau cheiro atroz se espalha no porão. O oficial volta à sua poltrona, enfia a cabeça na gola de seu casaco. Ainda não é hora das Termópilas.

Jeanne estava no estábulo, sentada recostada na parede, exatamente no lugar onde fizera amor com Mathias. A lembrança da respiração dele em sua nuca a invadiu. Ela teve um arrepio e sentou-se mais confortavelmente, apertando o corpo

---

* "Aqui onde estamos, tudo sempre avança e o diabo ri sozinho, ha, ha, ha, ha, ha! Combatemos pela Alemanha, combatemos por Hitler..."

de Micheline contra o seu. A pequena choramingava baixinho. O soldado que as acompanhava mantinha-se de pé, apoiando as costas na parede. Fumava, olhando para o vazio. Jeanne percebeu que ele já não era jovem. Tinha as feições repuxadas, a postura um pouco curvada. Jeanne pôs-se a cantar para Micheline uma antiga canção. O soldado olhou para ela e se sentou. "Nos degraus do palácio, nos degraus do palácio..." Jeanne tinha a impressão de que seu canto fazia bem tanto ao soldado quanto à criança. O homem a observava com um sorriso doce, como se perdido em lembranças. Ele também um dia fora criança como aquelas que tremiam de medo no porão; também precisara que o reconfortassem e o tomassem nos braços. Agora era um soldado da SS, era ele quem semeava o medo, a vontade de desaparecer de sua vista para não cessar de existir.

Zurros de bêbados e sons de copos quebrando ressoavam de tempos em tempos pelos respiradouros. O soldado parecia desolado e mudava de posição para se dar uma compostura. Jeanne continuava a cantar; isso também a tranquilizava, sentia-se quase bem em meio ao calor e ao cheiro das vacas, Micheline aconchegada nela, com aquele homem envelhecido escutando-a num silêncio quase fraternal. Amanhã, talvez os três estivessem mortos. Ela pensou nisso sem sentimentalismo, como uma eventualidade banal. O soldado se debruçou sobre Micheline, que terminara dormindo. Olhou para Jeanne e imitou seu sono, apontando para a pequena e levantando o polegar. Um barulho seco fez os dois se voltarem para a porta do estábulo, que ficara aberta. O soldado se levantou, pôs um dedo na frente da boca e fez sinal a Jeanne para ficar onde estava. Saiu do estábulo sorrateiramente. Um pouco perdida, Jeanne voltou a cantar. Teria apreciado que o soldado ficasse perto dela, sem se mexer, até o fim dos tempos. Não queria descer novamente e ouvir os gritos, sentir a angústia, a covardia de Hubert e Françoise, ver seu pai ser humilhado pelo tom e os modos daquele SS, e, sobretudo, não era mais capaz de temer pela vida de todos. "Linda, se você quisesse, linda, se você quisesse, dormiríamos juntos ali..."

O soldado retornou. Esgueirou-se por entre as vacas e sentou-se novamente ao lado de Jeanne. Estava mais aprumado e seu andar era inquieto. Sem dúvida aquele pequeno intervalo o fizera tomar consciência de que não devia relaxar e dar intimidade. Mesmo assim Jeanne esperava um olhar, um sorriso dizendo que tudo bem, que as coisas podiam recomeçar do ponto onde as deixaram, ele em seus pensamentos, ela nos dela, Micheline nos braços de Jeanne. Mas o soldado fitava o chão. Finalmente, levantou a cabeça para Jeanne. Duas pupilas claras apareceram sob o capacete. Jeanne abriu a boca; a mão de Mathias abafou seu grito.

— Continue a cantar — ele lhe disse baixinho.

Jeanne estava assustada demais para fazer outra coisa que não obedecer. Recomeçou então "Aux marches du palais", com uma voz balbuciante. Mathias tirou o capacete e passou a mão no cabelo; fazia trinta e seis horas que não dormia. A voz de Jeanne lhe dava uma vontade irresistível de fechar os olhos. Uma ideia o assaltou. Ela não deveria estar no meio de toda aquela merda. Mathias esperava do fundo do coração que ela topasse com um homem generoso que lhe desse um pouco de alegria, algumas centelhas de vida; um homem que a visse desabrochar sem lhe calar a boca, sem engravidá-la até que ela tivesse o ventre e os seios tão flácidos como odres vazios, alguém que a deixasse envelhecer em paz.

"E nós dormiríamos, nós dormiríamos, até o fim dos mundos, até o fim dos mundos." Micheline se mexeu. A um sinal de Mathias, Jeanne a soltou delicadamente e a deitou na palha.

— Onde ela está? — perguntou Mathias.

Renée, claro... Jeanne não entendia nada do que acontecia com ela. A raiva e a amargura brigavam com a alegria de ver Mathias vivo.

— Achei que iam matá-lo — deixou escapar.

— Eu sei — ele respondeu com um sorriso.

Ela lhe deu uma bofetada. Durante um segundo, julgou que ele ia retribuir, mas ele se limitou a esfregar a face.

— Eles são quinze, é isso? — perguntou.

— Mais ou menos. Não contei!

— Todos estão no porão grande?

— Sim.

— E os civis?

— No porão dos americanos.

— E Renée?

— O oficial fez as crianças subirem, para lhes dar de comer. Ele olhou Renée com um ar estranho. Acho que ele sabe.

Mathias vira o tanque de guerra, quando subira em uma árvore na beira da estrada para observar os arredores. Seu sangue dera apenas uma volta até ele perceber que eram da SS, uma unidade destacada da divisão Das Reich, responsável pelo massacre de uma aldeia inteira perto de Limoges em junho e por algumas outras ações patrióticas do mesmo gênero. Ele os seguira através dos bosques e, quando compreendera que se dirigiam para os Paquet, hesitara em se juntar a eles antes ou depois de sua entrada na fazenda. Optara pela segunda solução. Escondido no telhado do estábulo, Mathias assistira à aglomeração no pátio, às ameaças do oficial. Ficara furioso quando Werner fizera seu pedido e o *Brigadeführer* dera seu assentimento. Renée corria um perigo bem maior diante do SS. Mathias não o conhecia, mas pressentiu imediatamente de que espécie era. Não era da boa.

— Vou subir com você — ele diz a Jeanne.

— Não!

Ela faz menção de se levantar, mas Mathias agarra-lhe o pulso e a mantém sentada.

— Vou gritar, hein! — ela sussurra.

Jeanne tenta desvencilhar seu braço do punho de Mathias. Mas ele a pega pelos ombros e a atrai para si, beija-a. Jeanne resiste; seus lábios permanecem fechados. Em outras circunstâncias, Mathias teria achado aquilo divertido, mas hoje não. Aperta mais forte a boca da jovem, tenta abri-la, em vão. Ele abandona seus lábios e desliza para seu pescoço, mas sente os músculos e nervos se contraírem com o contato. Bom, não vai passar a noite nisso! A resistência de Jeanne o deixa agora com raiva. Sua vontade é mergulhar a faca nas entranhas dela, sentir seu corpo se distender lentamente em seus braços e fazê-la se render. A máquina de matar voltou a funcionar depois que ele enviou Dan para o outro mundo, seguido por Max e Treets, e finalmente pelo velho SS. Jeanne se obstina em rechaçá-lo, desvia o rosto, se contorce em todos os sentidos. Ele se vê batendo nela com toda a sua força. Tolinha! Leva uma das mãos à faca, enquanto a outra segura com firmeza a jovem pela nuca. Jeanne começa a se cansar, seus olhos se enchem de lágrimas. Foi invadida pelo medo. Mathias sente fisicamente, diretamente, a pele dela ficando úmida sob os cabelos. Solta-a. Ela explode em soluços. Mathias se esquiva, suspirando. Bruscamente, a jovem o abraça, se aconchega em seus braços, sacudida por soluços de criança. Pronto, bastava um pouco de paciência. Jeanne ergue o rosto, procura a boca de Mathias e o beija, apaixonada.

Voltam aos porões, Micheline adormecida nos braços de Jeanne. Mathias caminha atrás dela, o capacete caído sobre os olhos. Os soldados jazem espalhados um pouco por toda parte. Alguns dormem, outros cantarolam uma música de bêbado, em um semicoma. O oficial está sentado na grande poltrona, aparentemente dormindo. Mathias e Jeanne atravessam o grande porão. No momento em que Jeanne entra no porão dos civis, um soldado emerge do sono e puxa a calça de Mathias.

— Gostosa a mocinha? — pergunta, com uma voz pastosa.

— Tanto quanto uma Sachertörte* — responde Mathias.

O soldado ri estupidamente, depois torna a se agarrar no pano da calça de Mathias, falando mais alto. Mathias se volta, rápido como um raio, pega a cabeça do soldado com as duas mãos e lhe quebra o pescoço com um único movimento. Pousa suavemente a cabeça vacilante no chão. Quando se levanta, Renée está na sua frente. Ela olha com indiferença o soldado morto. Mathias dirige um último olhar para Jeanne. Sabe que amanhã, quando o oficial se der conta da ausência de Renée e do assassinato dos dois soldados, certamente mandará fuzilar todo mundo, ou pelo menos alguns, ao seu bel-prazer. Jeanne também sabe disso. Viu-se estendida na neve, sem vida, no momento em que beijou Mathias, alguns minutos antes. Mas ela fará o que ele quiser.

Renée caminha à frente de Matias e logo alcançam a escada, quando um grito rasga o silêncio. É a voz de Micheline, que desperta de um pesadelo. O oficial se levantou. Mathias e Renée

---

* Torta de chocolate. (N. do T.)

estão quase em frente a ele. Mathias tem um segundo de hesitação, faz Renée dar meia-volta e a empurra para dentro do porão dos civis. O oficial está de pé, arma sua pistola e segue com grandes passadas na direção dos gritos. Entra, vê Micheline aos prantos nos braços de Sidonie, aponta a arma para ela e atira. Gritos ressoam. Mas a criança não é atingida e passa a berrar mais alto. Jules se precipita sobre o oficial. Nova deflagração. Jules congela, com um ar surpreso. Seu ombro está sujo de sangue. O oficial ordena que todo mundo saia para o pátio. Os civis sobem a escada, sob os golpes e berros dos soldados. Mathias junta-se a eles. Na confusão, ninguém percebe o soldado morto deitado no porão. Do lado de fora, o sol nasce e o céu, pela primeira vez em dias, está cristalino. O *Brigadeführer* manda os civis se alinharem, mãos na cabeça. Varre os rostos com um olhar raivoso e os interroga:

— Onde está a judia?

Renée se escondeu atrás de Berthe. O oficial repete a pergunta no mesmo tom monótono. Werner levanta a mão para falar.

— Foi um dos seus — diz em alemão —, ele veio com ela... estava disfarçado de americano...

— Basta — interrompe o oficial. Está muito pálido. Seus lábios tremem de cólera. — Todos vocês serão fuzilados.

Françoise dá dois passos. Todos os rostos se voltam para ela. Ela aponta Renée, escondida atrás de Berthe.

— A judia está ali — diz, com uma voz neutra.

O oficial se dirige para a criança, seguido por um soldado. Contempla-a um instante, depois faz um sinal com a mão para o soldado que a acompanha, sem tirar os olhos de Berthe.

— Execute-a — ordena.

O soldado se posiciona diante de Renée, de costas para o oficial. Aponta sua arma para ela. A criança ergue a cabeça e procura seu olhar. Da última vez que encarou aquele que ia abatê-la, isso lhe deu sorte. O rosto de Renée se ilumina.

— O que está esperando? — ladra o oficial nas costas de Mathias.

Mathias gira e atira. O oficial paralisa, atônito, e desmorona, a testa perfurada por uma bala. O soldado atrás dele está em choque e não tem tempo de atirar em Mathias; em segundos já está no chão, sangrando na barriga. Outro SS se põe a espancar os civis com sua metralhadora, mas recebe uma faca na garganta, que Mathias puxa para fincar imediatamente no abdome do soldado que acaba de aparecer ao seu lado. Tudo se passa em uma velocidade louca, em uma espécie de coreografia que parece cem vezes ensaiada, sob os olhos perplexos dos civis. Renée alcançou o pátio. Um soldado ferido mira nela, mas logo cai, uma flecha trespassada no peito. Outro vem se esconder nas costas daquele que luta contra Mathias. Os civis se deitam no chão, fogem para as dependências ou para o prédio principal. Mathias atravessa o pátio agarrando Renée na passagem, abrigada atrás da carcaça do cavalo morto. As flechas continuam a se abater com precisão sobre os alemães.

Do pombal, Philibert arma sua balestra e dispara com júbilo, entoando uma canção. Quando decidiu deixar a fazenda, logo depois de "Mat-o-caubói-solitário-que-vem-do-Canadá" ser desmascarado, ruminara que seria sem dúvida mais útil do lado de fora que dentro, espremido no meio daqueles americanos completamente alucinados. Desde então, não parara de espionar os movimentos nas cercanias da fazenda e recolher notícias da situação militar. Observava a chegada dos alemães com angústia, mas sem saber o que fazer. Partira então para fazer um reconhecimento e encontrara americanos em grande número e bem armados, dirigindo-se para a fazenda. Philibert soubera por esses soldados que os aviões iriam finalmente decolar. A guerra talvez estivesse chegando ao fim.

Mathias corre para o estábulo com a pequena nos braços, perseguido por um soldado. Philibert arma novamente e atira, mas o soldado ainda tem tempo de atirar também e atingir Mathias, que cai para a frente, arrastando Renée em sua queda. A menina se levanta e se vira. O boche desaba sobre Mathias, a flecha nas costas. Renée retoma sua corrida e alcança o estábulo. Desaparece da vista de Philibert.

Os civis voltaram à sede da fazenda, exceto Hubert e Werner, refugiados na sala do forno, e Micheline, que jaz no pátio, os olhos fixos e arregalados, no meio de uma poça de sangue. Um zumbido ressoa nos ares. Jules vai até a janela. Dois ou três aviões aliados sulcam o céu e bombardeiam o pátio. Soldados de uniforme americano aparecem no pátio. Os dois últimos soldados SS ainda de pé se rendem, mãos na cabeça, aos recém-chegados.

Mathias perdeu os sentidos por alguns segundos. Volta a si, esmagado pelo corpo do soldado, que parece ainda respirar com dificuldade. Mathias foi atingido na região lombar e a dor se espalha por todo o tórax. Reconhece o som característico dos Spitfire, os míticos aviões do exército inglês. Rumina que os soldados a pé sem dúvida não estão muito longe. Precisa dispender um grande esforço para mover o corpo pesado e ainda quente do moribundo sobre ele. Sai com dificuldade de baixo do SS, consegue ficar de joelhos, olha para o estábulo e percebe Renée. Arrasta-se até ela, entram no estábulo e Mathias se joga contra uma parede para recuperar o fôlego. Renée fica com os olhos marejados ao descobrir o flanco de Mathias esvaindo-se em sangue.

Philibert desce do pombal sem ser visto pelos americanos, vai até o estábulo, onde viu Renée e Mathias procurarem refúgio. De fato, eles estão lá. O alemão está péssimo, sangra como uma vaca urinando, sua pele já está cor de cera, seus belos olhos claros, turvos como o lago dos Suicidas. A pedido de Mathias, Philibert corre para selar Salomon. Mas se pergunta como o sujeito será capaz de se equilibrar na sela. A menina chora, a mãozinha na do seu soldado. Ela toca a ferida dele e enxuga os olhos logo em seguida. E ei-la toda salpicada de sangue e ele que consegue sorrir; mas ela percebe que ele tem dificuldade para conservar os olhos abertos. Transpira muito. Sem dúvida a febre que já se manifesta.

Philibert pega um balde, arrasta-o até um canto e vai enchê-lo com água da bomba atrás do estábulo. Mathias bebe sofregamente e parece recobrar alguma força. Philibert tira a camisa, rasga-a e amarra-a no quadril de Mathias, apertando bem forte, esperando amenizar a hemorragia. Em seguida, ajuda Mathias a se levantar e o suspende até o cavalo. Instala Renée entre suas pernas. Eles saem do estábulo pela porta de trás, que dá para os campos. Mathias oscila no lombo de Salomon. A bandagem improvisada já está empapada de sangue. Mas ele se apruma e instiga o animal, que se põe imediatamente a trotar.

Renée sente o sopro do vento em seu rosto, enquanto o cavalo ganha velocidade. Agora ele galopa e o corpo de Mathias atrás dela parece sob controle. A menina segura com firmeza a crina, está bem firme agora, amparada pelas robustas coxas em torno das suas, pelo torso bem aprumado às suas costas. Cavalgam, sobrevoados por um avião, que perde altitude e faz um looping acima deles, como se para observá-los mais de perto. Renée sabe que Mathias está morrendo; vê o sangue pingar sobre a pelagem alazã de Salomon. Ouve a respiração cada vez mais difícil acima da sua cabeça. Uma das mãos de Mathias larga momentaneamente as rédeas e abraça a criança com um gesto que se pretende tranquilizador. Ao chegarem ao limite do campo, bifurcam para a floresta. Salomon desacelera. O corpo de Mathias fica mais pesado, sua cabeça cai sobre a de Renée. Ela se vira, chama-o, obriga-o a levantar o queixo. Mathias se recompõe, esboça um sorriso, depois recai em uma semiconsciência. Embrenham-se nos bosques, no passo negligente do cavalo de tração.

Mathias conseguira guiar Salomon até a cabana de Jules. Deixara-se cair do cavalo diante da porta e mergulhara na inconsciência. Suava aos borbotões, era agitado por calafrios. Renée tentou despertá-lo; chamou-o, aplicou-lhe neve no rosto, em vão. Em torno deles, o silêncio era total, mais nenhuma explosão, nenhum motor, nenhum barulho ligado à guerra, só o pranto da criança, que se intensificava diante do rosto sem reação de Mathias. Acima deles, o céu exibia um azul límpido e frio, e Renée permaneceu um longo tempo com os olhos erguidos para aquele buraco de luz e cor inéditos. Sacudia o corpo de Mathias, gritando seu nome. Por fim, em desespero de causa, deu-lhe uma bofetada. Ele despertou e se arrastou até o velho colchão em frente à lareira. A criança fez um fogo, cobriu o torso de Mathias com seu casaquinho. Foi pegar água da fonte e tentou fazê-lo beber. Mas ele estava inconsciente, a cabeça pesada demais nas mãos de Renée. Mathias a abandonava lentamente.

Ela pensou em voltar e buscar ajuda na fazenda no lombo de Salomon, que acharia o caminho. Mas teve medo de que a morte se aproveitasse de sua ausência para vir arrebatar Mathias. Então ficou ao lado dele, passando um pano úmido em sua testa e seu pescoço. Falava com ele, pedia-lhe para ficar com ela. Ele se pôs a resmungar em alemão. Uma espécie de estertor saía do seu peito. Mathias abriu os olhos por um breve instante, mas não a via mais.

Duas horas mais tarde, Philibert voltou. Limpou a ferida de Mathias e fez um curativo com gazes limpas. A hemorragia estancara, mas Mathias continuava inconsciente e ardia de febre. Philibert foi buscar Ginette. A curandeira conseguiu retirar a bala do corpo do alemão; cuidou dele durante quatro dias e quatro noites, sob um frio terrível, apesar do fogo que Philibert alimentava constantemente. A velha estava impressionada com a extraordinária força física de Mathias, com a vontade selvagem de viver que habitava cada fibra de seu corpo e de seu espírito e o fazia lutar além do que parecia humanamente possível. Para um homem que parecia desprezar com todas as forças a existência, ele era excepcionalmente dotado para a vida.

17

A batalha das Ardenas terminou no dia 24 de janeiro, após a tomada de Saint-Vith pelos Aliados. Ainda houve importantes movimentos de tropas e, durante a grande ofensiva rumo a Houffalize e Saint-Vith, a fazenda abrigou soldados americanos pela terceira vez. Mathias conseguiu se levantar e caminhar no fim de janeiro. Jules e Philibert arrumaram a cabana, trazendo alguns móveis, uma cama, e ficou combinado que Mathias permaneceria escondido ali até se ver em condições de fazer o que bem entendesse. Àqueles que foram testemunha dos acontecimentos por ocasião do Natal, contaram que Mathias morrera. Só os membros da família Paquet, Philibert e Ginette estavam a par da presença do alemão na floresta. Renée foi morar na fazenda. Podia visitar Mathias e passar algumas horas em sua companhia. Philibert a acompanhava e vinha buscá-la.

Os momentos passados com a criança não eram o que Mathias tinha em mente. A presença de Renée o mergulhava em um mal-estar inexplicável. No entanto, alimentara a esperança de estar a sós com ela; imaginara momentos de intimidade semelhantes aos partilhados na cabana, momentos inefáveis de graça, tão perfeitos e intensos que pareciam sonhados. Mathias percebia agora que era impossível viver aquilo de novo. A urgência, bem como certa forma de despreocupação em meio à loucura e ao inverno, permitira esse parêntese milagroso. Agora era preciso pensar no futuro, e projetar-se nele com Renée estava acima de suas forças. Duvidava de sua capacidade de dar a Renée o que ela esperava dele. Ele permanecia um antissocial, profundamente desencantado, convencido da banalidade da existência, e da sua em particular.

Renée percebia com muita clareza aquele constrangimento entre eles; Mathias evitava o contato físico na medida do possível, falava pouco, esquivava-se às vezes, quando ela o fitava. Quando ela o deixava, à tarde, ele se sentia aliviado, mas se surpreendia esperando a próxima visita da pequena com impaciência febril. E, quando Renée permanecia ao seu lado por alguns minutos, ele desejava que ela se fosse.

Ele estava tão infeliz que cogitou fugir, deixar a cabana como um ladrão. Preparava-se para partir na manhã seguinte, e a noite o encontrava no mesmo lugar, fumando, olhos no vazio. Mathias não queria viver com Renée, mas não conseguia decidir viver sem ela.

A criança compreendera perfeitamente o que o atormentava. Preparava-se para enfrentar os acontecimentos, que ela antecipava melhor que ele mesmo. Espacejou suas visitas, depois resolveu não ir mais visitá-lo. Sabia que era o que ele queria. E que era o que cumpria fazer. Na fazenda, todos se espantaram, mas no fundo ninguém se zangou. O alemão ia partir em breve e a menina reencontraria sua família. Aquela dupla não combinava; não era conveniente, dizia Berthe. As coisas precisavam entrar nos trilhos.

Jules e Mathias estão sentados um diante do outro na cabana, de frente para o fogo. O fazendeiro acha que é hora de encontrar os pais de Renée. Mathias não responde, contenta-se em avaliar o olhar de Jules com seus olhos duros e impenetráveis. Jules decidiu ir a Bruxelas, quando a guerra terminasse, para fazer buscas.

O bom homem fala como se aquelas pessoas tivessem partido para uma estação de águas. Mas há pouquíssimas chances de estarem vivas. Mathias evita dizer isso a Jules; não tem nenhuma vontade de esboçar um quadro das condições de sobrevivência nos campos. Quer dizer, encontrar os pais de Renée... Renée também não tem mais nenhuma esperança. Mathias sabe disso. Há muito tempo deixou de ter. Mathias se pergunta subitamente qual seria sua reação se, por milagre, anunciassem para ela que seu pai, uma tia, um irmão havia sido poupado. Ela provavelmente ficaria feliz, mas abalada, como qualquer criança. Talvez abalada demais para se sentir feliz... A experiência de Mathias em matéria de criança era bastante medíocre para que ele pudesse formar alguma opinião quanto a isso.

Jules proibira Jeanne de ir ao encontro de Mathias, mas ela lhe desobedecia. Deixava a fazenda ao anoitecer e voltava para se esgueirar na sua cama de manhãzinha. Mathias se aproveitava plenamente da situação. Por que teria se privado dos encantos de Jeanne, da maneira que ela tinha de se entregar, e que tinha o poder de lhe fazer esquecer? Estava loucamente apaixonada, ótimo, mas, quando ele partisse, ela se recuperaria. Aquela garota não era do tipo que se deixava morrer de fome ou se jogava de uma ponte. E depois, ela sempre trazia comida, e o que havia de melhor naqueles tempos em que as despensas voltavam a se encher e se redescobria pouco a pouco o gosto das coisas.

As horas passam muito lentamente. Mathias se cansa da caça, de fazer fogo e até mesmo do corpo de Jeanne, de sua paixão intempestiva; está indócil. Precisa de ar, de ar livre, quer reencontrar a rude solidão e selvageria do norte. Quer ir perder-se nas imensidões geladas. Tem um sonho recorrente, no qual aparece o Rupert, o impetuoso rio Rupert, que ele ama acima de todos os outros e quase lhe tirou a vida. Ele é a fronteira natural além da qual o mundo muda radicalmente, inclina-se para algo de primordial e muito antigo, um universo que se furtaria eternamente a Mathias, mas que, por essa mesma razão, jamais deixaria de atraí-lo.

Mas a guerra se eterniza. Afinal o que pode esperar o Bigodudo, espremido entre os russos e os Aliados, com seu exército exausto, seu povo e seu país em ruínas? Mesmo os fanáticos mais encarniçados começam a achá-la um pouco longa demais. Dela só devem restar Goebbels e sua esposa histérica contando um para o outro, à noite, insones, em seu bunker, as histórias do Superariano, o herói solitário, senhor de um mundo povoado por outros Superarianos, todos idênticos em sua resplandecente "lourice" física e espiritual. Mas o Superariano não surgiu de um misterioso continente desaparecido para salvar a Alemanha da catástrofe. No entanto, lhe sacrificaram povos inteiros... A menos que todo aquele caos nazista tivesse como finalidade apenas a própria destruição. O Bigodudo não pedira a Albert Speer para construir monumentos que tivessem uma bela fachada, uma vez em ruínas?

Em 8 de maio, a Alemanha finalmente capitula. Mathias pode ouvir a música dos bailes populares se espalhar nos campos, os ecos dos gritos alegres e das canções que chegam da fazenda Paquet, trazidos pelo vento. Regozije-se, brava gente, e durma tranquila! Até a próxima.

Faz semanas que Renée não aparece. Mathias julgou que os Paquet lhe proibiram, mas não. Ficou decepcionado quando Jules lhe comunicou que fora ela quem tomara a decisão. Ela soubera exatamente o que fazer ao notar a aflição de Mathias, como sempre. Adotara a atitude necessária, a que ele esperava sem ousar confessar.

Ouviu um farfalhar de folhas, levantou-se de um pulo. Mas era apenas Philibert, sozinho, chegando com um cesto cheio de iguarias. A boa Berthe deve ter sentido um pouco de vergonha de se empanturrar e festejar, enquanto "o boche" não tinha praticamente nada para mastigar, sozinho em seu barraco. Mathias a ouve dizer secamente: "É o fim da guerra para todo mundo". Ela sente necessidade de se justificar com um gesto de generosidade para com "o inimigo". Pois, para ela, é o que Mathias é e continuará a ser. E ela chamou Philibert à parte, entregou-lhe o cesto, não sem recomendar nas entrelinhas que não se demorasse com o grande lobo mau.

Philibert bateu duas vezes na porta entreaberta. Mathias teve vontade de falar grosso e lhe dizer para ir embora. O rapaz entra na cabana, estampando um sorriso tímido, como sempre. O alemão não só impressiona muito, como lhe dá certo medo. Philibert desembrulha a comida, com gestos esquisitos, que Mathias não consegue compreender. Há bolinhos, presunto, pão, manteiga e até uma garrafa de vinho tinto. Mathias come; é verdade que deixara de se alimentar direito nos últimos tempos.

Jeanne não traz muita coisa quando vem visitá-lo. Parecem esquecê-lo um pouco, na fazenda.

Anoitece. Jules está sentado à mesa, diante de Mathias. Em frente ao fazendeiro está aberta uma caderneta, com as páginas cobertas de anotações que ele rabiscou às pressas. Jules titubeia; abre a boca várias vezes, mas muda de ideia. Por fim, se lança:

— A menina não tem mais ninguém. Seus pais foram deportados... para Aus... Auch...

— Auschwitz — resolve Mathias.

Jules ergue olhos transbordantes de surpresa e pavor, que colidem com o olhar frio do alemão. Jules engole a saliva, mergulha novamente na caderneta.

— É isso... — continua. — Eles partiram em janeiro de 1943, com o comboio... dezenove. Ninguém retornou desse aí.

Jules volta a encarar Mathias, procura indícios de um pensamento, de uma emoção em seu semblante pálido, impassível. Jules continua; sua voz estremece ligeiramente:

— Seus pais chegaram à Alemanha em 1939...

Mathias sabe de tudo isso, desconfia do que Jules sabe, desde o início. As histórias de deportados estão apenas começando a invadir o mundo e serão quase todas parecidas, de uma tristeza insondável, mas, no fim das contas, de uma grande banalidade. Jules suspira, fecha a caderneta.

— Está tudo anotado aqui — empurrando a caderneta na direção de Mathias. — Em Bruxelas, eles me perguntaram se eu podia ficar com ela mais um pouco. Existem homens que acolhem crianças como ela, mas estão sobrecarregados pelo volume...

— Não preciso da caderneta — Mathias corta-lhe a palavra.

Jules mira gravemente o alemão.

— Deixo-a com você de todo modo. — Jules pega um envelope no bolso. — E aqui estão os seus papéis — declara, depositando o envelope sobre a mesa. — Muito bem, volto aos meus animais, já está quase na hora...

Mathias concorda com a cabeça, sem mais. Jules se levanta, indeciso, vai até a porta. Volta-se.

— Jeanne foi ao cinema, em Liège... No noticiário, eles mostraram... a libertação dos campos...

Ah. Chegamos lá finalmente. Isso explica por que Jeanne se enfurna em casa nos últimos tempos. O fazendeiro pergunta se Mathias sabe o que faziam com as pessoas lá. Sim, ele sabe. Ele participou disso? Sim e não, Mathias despachou um monte de gente para os campos, indiretamente, mas não trabalhou lá.

— Ótimo — conclui Jules.

Com efeito, não havia nada a dizer. Mathias sentia muito por Jeanne. O que ela descobrira era incomensurável. O mundo inteiro levaria muito tempo para se recuperar daquele pesadelo. Mas até lá era preciso tentar viver.

Jules saiu na noite. Mathias foi atiçar o fogo. Renée então perdera toda a sua família. Ficaria com os Paquet até que a colocassem num daqueles lares para órfãos judeus. Iria juntar-se às dezenas de crianças traumatizadas. Todas juntas, cantariam provavelmente em hebraico, fariam macramê e descascariam batatas. Bem, bem... Mathias colocou uma lenha no fogo, acendeu um cigarro. Não, isso não estava no programa. Não era o que ele imaginava para Renée e, sobretudo, não era o que ela queria. Por acaso ela esperava que Mathias a levasse com ele e a criasse como sua filha? Ele não estava preparado para ser pai. Nunca estaria.

Sentou-se à mesa, abriu o envelope contendo os documentos falsos. Agora se chamava Mathias Grünbach, originário de Raeren, na Bélgica. Nova história, novo passado a reinventar. Terminava por se confundir sozinho naquele caos de identidades que arrastava consigo como quem carrega primos distantes e chatos nas férias.

Desde que saiu do coma alguns meses antes, confunde suas numerosas vidas; mistura os elementos da realidade com os da ficção. Mas essa distinção tem alguma importância, quando a mentira reinou soberana sobre uma existência? Seus anos de depravação na Berlim do pré-guerra não lhe parecem agora mais reais, mais "verdadeiros", do que todas as experiências imaginadas, os personagens encarnados por uma noite ou alguns meses. Ele se levanta e se aproxima da janela. Seu reflexo o faz rir intimamente. Seus cabelos cresceram; estão quase livres daquele encardido que os cobria em suas últimas missões. Sua cor natural, um castanho-claro ou um pouco acobreado, dá a Mathias um aspecto de coroinha. O ianque sem dúvida não o teria desmascarado com a cara que tem hoje. E talvez estivesse vivo. Era idiota. Soltou uma baforada de fumaça e sua imagem embaçou.

Foi pegar a caderneta na qual Jules anotara as informações referentes a Renée, hesitou em abri-la. Tudo aquilo não lhe dizia mais respeito. Renée tinha sua vida para viver e ele a dele. Mathias virou e revirou nervosamente a caderneta, estendeu-a acima das chamas, mudou de ideia, depositou-a sobre a mesa. Terminou afinal por abri-la, percorreu suas páginas. Seus olhos se detiveram em uma palavra. *Rebeca*. Mathias fechou a caderneta. Dentro de uma semana, partiria, estava decidido.

*

O dia está cinza e frio. Uma ligeira bruma envolve o ambiente e embaralha os contornos. Parece um dia de inverno, apesar da vegetação abundante. Renée está sentada à mesa, de frente para Mathias. Comem o bolo que ela trouxe. Philibert veio trazer a menina e virá buscá-la dentro de duas horas. Mathias pediu para vê-la, e Renée colocou seu novo vestido vermelho. Ele mastiga em silêncio, um pouco mal-humorado.

— Pode dizer que está gostoso — deixa escapar a criança.

Mathias sorri.

— Está gostoso.

Renée mudou. Cresceu. E há algo de novo em sua expressão, que Mathias não consegue definir. Uma distância e uma desenvoltura que o desconcertam e intrigam. Os cabelos de Renée batem agora no meio das costas. É uma cachoeira de ondas pretas um pouco azuladas, que escapam de uma fita de veludo vermelho atrás da cabeça. Ela se mantém empertigada, o queixo erguido. Ela o observa comer, com um laivo de ironia nos olhos. Mathias pensava reencontrá-la comovida e um pouco triste, com aquela intensidade no olhar e a energia de todo seu ser voltada para ele. Está surpreso.

— Não está muito chato aqui, sozinho? — pergunta a menina.

— Não — responde Mathias.

Renée sabe que ele está mentindo. Também sabe que ele vai partir. Sem ela. Que ele queria vê-la para dizer isso. Ela esperou que ele se manifestasse, semanas a fio. Só pensava nele, a cada hora, a cada minuto. E depois, uma noite, no jantar, ficou surpresa ao se dar conta de que não pensara nele o dia inteiro. Vivera cada momento plenamente, como antes. Renée se preparara para a partida de Mathias. Contudo, ao tomar a decisão de interromper as visitas, sentia confusamente que continuara a tecer o laço que o ligava a ele. A criança pressente que a ausência pode reavivar sentimentos, aprofundar a falta. Observa Mathias comer seu bolo. Ele sentiu sua falta.

Renée também acha que ele mudou. Seus olhos perderam um pouco do brilho, os cantos de seus lábios caem e lhe dão uma cara de garoto contrariado. Ele engordou e se move com menos agilidade. Lembra aquela foto que ela viu numa revista na casa dos Paquet, tirada em um zoológico, onde se vê um tigre deitado preguiçosamente numa jaula pequena demais para ele, que ergue seus soberbos olhos cansados para o fotógrafo. Renée deixa sua cadeira e vem colocar a mão no ombro de Mathias.

— Vai dar tudo certo — ela diz. — Quando você parte?

Ele se engasga com um pedaço, tosse. Ela lhe dá um tapa nas costas. Ele toma um gole de água. Renée decidira facilitar a tarefa para ele. Não queria que os últimos momentos com ele fossem ofuscados pelo que ele queria e não conseguia lhe dizer. Ele responde, sem olhar para ela:

— Dentro de dois ou três dias.

Renée e Mathias caminham pela trilha. Ainda têm tempo para um passeio. Philibert só chegará dentro de uma hora. Renée segue na frente de Mathias. Para e colhe uma flor. Mathias é puxado brutalmente para trás, para aquela manhã de dezembro, no silêncio acolchoado pelo frio, quando, de tempos em tempos, ressoa um tiro, o grasnido de uma gralha. Ele aponta a arma para Renée. Ela está de costas para ele. E eis que ela se vira e o encara. Mathias congela, incapaz de atirar. Seu corpo está paralisado, mas, intimamente, vacila e escorrega, tomado por uma sensação de queda vertiginosa acompanhada de uma brusca náusea, como quando sonhamos que caímos e despertamos logo antes de nos esborrachar. Quando ele volta a se concentrar em Renée, a criança continua a olhar para ele, com seus olhos escuros e brilhantes como laca, ardentes e graves. Ele quase consegue sentir fisicamente o ritmo do sangue bombeado pelo coração da menina, pulsando em suas veias, seus músculos, irrigando seus lábios vermelhos, dos quais escapa sua respiração, imediatamente materializada pelo ar congelante. Alguma coisa de inefável emana dela, uma presença extraordinária e imperiosa. Ela é a vida, e olha para ele como se o reconhecesse, como se o esperasse.

Não foi ele que escolheu não liquidá-la. Foi ela que o escolheu. Nesse instante, ele pertence inteiramente à menininha judia com seu velho casaco surrado e suas botinas esburacadas, seu olhar selvagem e seu porte de rainha. Mathias não teve nenhum arroubo de compaixão ou bondade. Teria abatido friamente qualquer outra criança. Aquele gesto não o salva de nada, não o exime de forma alguma. Mas o transformou irreversivelmente.

Epílogo

O *Arcadia* navega há uma semana rumo a Halifax. O tempo está nublado, o mar, agitado. David Jones, o imediato, fuma no convés da popa; é um gaulês na casa dos cinquenta anos, rude e jovial. Às vezes consegue trocar algumas palavras com o belga, um dos raros passageiros do navio cargueiro. Os países do outro lado do Atlântico ainda não reabriram suas portas aos imigrantes. Como o belga conseguiu convencer o capitão a embarcá-lo? Mistério... O sujeito retorna para uma região remota e congelada da baía de James. Foi caçador, ele diz, antes da guerra. Não seria nada espantoso. Fala bem inglês, além de francês. Sujeito estranho. Que parece sempre a anos-luz de você e, ao mesmo tempo, se instala dentro da sua cabeça, sabendo melhor que você mesmo o que você está pensando.

Naquela manhã, o belga não está de bom humor. Quando a presença de alguém o importuna, basta-lhe cravar nele seus olhos cristalinos para esse alguém se isolar na outra ponta do barco, todo arrepiado. David não foi tão longe; mantém-se perto da porta grossa que dá acesso ao convés. Observa o homem, que também fuma, apoiado na amurada. A porta se abre rangendo. O homem se volta. Seu rosto se ilumina. O imediato está logo atrás do batente; não vê, então, quem chega. Mas se dispõe a apostar vinte libras que é a menina. Só ela para arrancar do belga aquele sorriso. De fato, assim que a porta se fecha, David percebe o vulto miúdo, de costas, todo empertigado, o cabelo de azeviche bruscamente agitado pelo vento. O belga não é seu pai, como ele afirma. Os papéis dizem isso, mas não é verdade. O imediato poria a mão no fogo. A tripulação se mantém à distância deles, mas David, assim como o capitão, aprecia sua companhia, ao passo que o homem e a garota toleram a sua. O que eles são um para o outro o imediato não faz ideia. Não se parecem, mas têm algo em comum, uma espécie de vibração animal, uma energia selvagem, que não se encontra muito por aí. Um dia David perguntou como a menina e ele atravessaram a guerra, e ele respondeu: *"What difference does it make? Today we live"*.

Impresso no Brasil pelo Sistema Cameron da Divisão Gráfica da
DISTRIBUIDORA RECORD DE SERVIÇOS DE IMPRENSA S.A.